RYU NOVELS

ラバウル要塞1943

タルサ作戦発動！

吉田親司

この作品はフィクションであり、
実在の人物・国家・団体とは一切関係ありません。

ラバウル要塞1943／目次

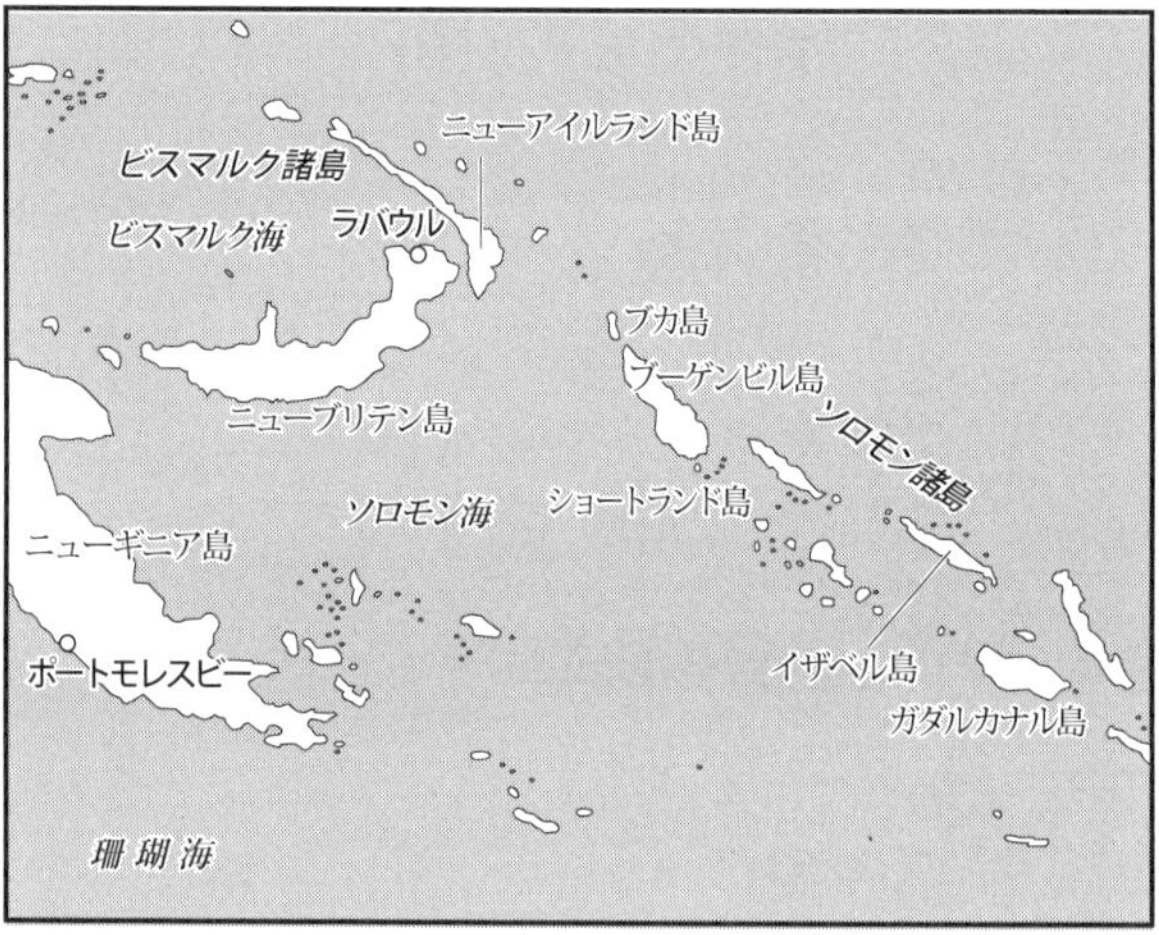
ニューアイルランド島
ビスマルク諸島
ラバウル
ビスマルク海
ブカ島
ブーゲンビル島
ニューブリテン島
ソロモン諸島
ソロモン海
ショートランド島
ニューギニア島
ポートモレスビー
イザベル島
ガダルカナル島
珊瑚海

プロローグ　ガダルカナルからの脱出

1　絶島の要塞
——昭和一八年二月七日深夜

ガダルカナル。

無気味な響きに満ちた名前を持つ南溟の孤島は、大日本帝国にとって攻勢限界線を越えた戦場であった。

この〝遠すぎた島〟では、昭和一七年盛夏から半年にわたり、陸海空で血で血を洗う激戦が展開された。

物量作戦と合理化の真髄を究めたアメリカに対し、学ばざる軍隊である日本陸海軍は激戦と苦闘の末に敗れ去り、慚愧《ざんき》の涙を流しつつも撤退という常識的な選択肢に行き着いた。

昭和一八年二月——『ケ号作戦』開始。

ケとは捲土重来《けんどちょうらい》を意味していたが、それが実現すると本気で信じている日本人など、ひとりもいなかっただろう。

ソロモンの悪夢めいた飢餓の島から、皇軍兵士たちは決死の脱出を試みていたのである——。

＊

『日本兵はおらんか！　ここに日本兵は残っておらんか！』

右舷を緩やかに走る僚艦〈浜風《はまかぜ》〉の拡声器から流れ出る通達は、第一〇駆逐隊旗艦の〈風雲《かざぐも》〉にまで轟き渡った。

『慌てるな！　本艦は最後の一兵まで救出する。帝国軍人らしく最後まで秩序を保て。もう日本兵はおらぬか！』

駆逐艦〈浜風〉はカミンボ湾の奥に入り込み、座礁寸前の状態で航行を続けている。傑作の誉れ高き陽炎《かげろう》型の一三番艦は、闇夜に鬼気迫る迫力を醸し出していた。

「あの駆逐艦長は上井宏《うわいひろし》少佐だったな。いや、頑張ってくれているよ。本当に」

唖然と驚嘆が入りまじった調子で告げたのは、第一〇戦隊司令官小柳富次《こやなぎとみじ》少将であった。

「今回の撤収作戦だが、第一回と第二回は上首尾に終わった。今回が最後だ。有終の美を飾りたいものだが、下手をすると九仞《きゅうじん》の功を一簣《いっき》に虧《か》くかもしれん。〈浜風〉の上井艦長には自重を促したほうがいいかもな」

それを消極的思考と感じ取ったのか、〈風雲〉艦長の吉田正義《よしだまさよし》中佐が言った。

「いいえ。慎重さと大胆さは紙一重です。天運を味方につけるには、上井少佐のような図太い精神も必須だと考えます」

小柳少将はなにも返さなかった。

彼とて一流の武人である。高速戦艦〈金剛《こんごう》〉艦長としてガダルカナル島ヘンダーソン飛行場への夜間砲撃を成功させたあと、短期間ながら第二水雷戦隊司令官を務め、昭和一八年一月二一日から第一〇戦隊を指揮していた。

新鋭軽巡の〈阿賀野《あがの》〉に将旗を掲げていたが、今回は自ら〈風雲〉に乗り、陣頭指揮を執っていたのである。責任感と度胸がなければできない。

ただ、小柳は予定と時間を墨守《ぼくしゅ》することを是とする人物であった。

綿密なスケジュール管理こそ成功への道と確信する彼は、相次ぐ予定変更で疑心暗鬼に近い状態に陥っていた……。


第三回撤退作戦は、二つの駆逐艦隊で構成されていた。橋本信太郎《はしもとしんたろう》少将の警戒隊（駆逐艦八隻）と、小柳の輸送隊（同一〇隻）である。

本来、小柳隊はガダルカナルから五〇キロ離れたラッセル諸島へと向かう手筈だった。

ガダルカナル島からの脱出には、大発動艇による輸送も考慮されていた。数こそ揃えやすいが、満載時の速力が八ノットでは敵艦に捕捉されてしまう。そこで、ひとまずラッセル諸島まで退避し、駆逐艦に乗り換えようというのだ。

四〇〇〇名強の陸海軍混成部隊が投入され、無人島ばかりのラッセル諸島は容易に占拠された。

しかしながら、二月二日と四日に行われた二度の撤収作業が予想以上の成功を収めたのだ。

ガダルカナル島西端のエスペランス岬に直接、駆逐艦を乗りつけられると証明された以上、中間基地の必要性は自然と薄れてしまった。

そこで予定変更と相なった。ラッセル諸島には第一七駆逐隊の四隻だけを差し向け、残る六隻はカミンボ湾へ急行し、橋本隊を加勢すべしと。

各駆逐艦長の強い要請と進言を受け入れる形となったが、慎重派の小柳にとり、再びのガ島行きは隘路《あいろ》以外のなにものでもなかった……。


深夜の撤収作業は難渋を極めていた。

衰弱し、痩せ細り、半死半生となった陸軍兵がボートで運ばれて来るが、舷側のロープを登れる体力など残っていない。水兵が手を貸し、どうにか甲板まで引き上げたものの、ほぼ全員が青息吐息で立ち上がるのも難しい状態だ。

航海艦橋の一角から薄暗い前甲板を凝視していた小柳は、憂慮を表情に出さぬよう、苦労を強いられていた。

（餓鬼のような皇軍兵士を見るのは三回目だが、慣れぬものだな。ガダルカナル島は文字どおりの飢島だった。こんな地獄からは一秒でも早く抜けだしたいものだ）

そんな小柳の思惑とは裏腹に、吉田艦長はこんな命令を叫ぶのだった。

「大発や浮舟は曳航索に繋げるんだ。できるだけ多く回収するぞ！」

そんな余裕はない。小柳は声を荒らげた。

「艦長、ぐずぐずしていると敵艦が来るぞ。予定どおり、すべて棄てるべきだ！」

「そんな。もったいないですよ。貧者たる我らは節約を旨とせねばなりません。これからの消耗戦を戦い抜くためにも、戦略物資はできる限り持ち帰りましょう」

「時間が押している。夜明け前に敵機の攻撃半径から脱出しなければ。一刻を争うのだぞ」

「なぁに大丈夫ですよ。山本《やまもと》長官が重用しているあの手相見が、作戦成功を占ってくれたじゃありませんか」

吉田艦長の返事は不道徳なまでに明るかった。それが小柳の神経を苛立たせた。軍事行動とは、占いなどに頼って実行されるものでは断じてないのだ。

大発の収容作業をやめさせたいところだが、艦単位の指揮は艦長の領分である。そして、船乗りは誰しもプライドが高い。あまり踏み込んだ命令を発すれば、戦隊の士気にも悪影響が出よう。

忍の一字で耐えるのみの小柳だったが、その視線は不吉なものを捉えた。

左舷艦首側の暗き海面に、一筋の真白き航跡が見えたのである。思わず小柳は叫ぶ。

「艦長！　雷跡だ！　魚雷だ！」

緊急事態にも、吉田艦長は場違いなまでに落ち着いた調子で返す。

「見間違えでは？　星明かりが航跡に見えるのは、ここソロモン海では珍しくありませんぞ」

しかし、吉田の自信は数十秒後に粉砕された。前方六〇〇メートルを微速前進中だった〈浜風〉の艦尾に水柱が生えたのである。

魚雷を頂戴したことは、誰の目にも明らかだった。衝撃をこらえきれなかったのか、〈浜風〉は右舷へと横倒れし、そのまま浅瀬へと身を横たえた。誘爆しなかったのは、事前に雷装をすべて陸揚げしていたからであろう。

やられたのは〈浜風〉だけではなかった。第二二駆逐隊の〈長月《ながつき》〉も被雷し、艦首を打ち砕かれていた。

常備排水量一四四五トンの小さな船体に防御力を期待するほうが間違いだ。睦月《むつき》型八番艦は水面下から押し寄せた衝撃に耐えきれなかった。たちまち前甲板を海水が洗い、浮力が失われていく。転覆も時間の問題だろう。

もはや遠慮などしてはいられない。小柳少将は大声で命令した。

「艦長、機関再稼働急げ！　収容作業をただちに打ち切り、全艦脱出せよ！」

　しかし、吉田中佐は意に反する進言を口にするのだった。

「いいえ！　いま逃げを打っても無意味ですな。現状で〈風雲〉の速力は二ノット。缶圧をあげる暇がありません。それよりも〈浜風〉〈長月〉から投げ出された罹災者を救いましょう」

「駄目だ。座して死を待つだけだぞ。反復攻撃を食らったらどうする！」

「それは無視してよい危険です。米潜の動きには定石があります。連中は魚雷を撃てるだけ撃つと、戦果すら確認せず、さっさと逃げ出します。きっと今日も同じですよ。もう攻撃はありません」

　吉田艦長は都合のよい実例だけを引っ張り出しているにすぎない。そう判断した小柳だったが、再考を促す新たな連絡が飛び込んできた。

「警戒隊の橋本少将より入電！」

　読めと目くばせすると、通信長は早口で一気に朗読した。

『現在、〈白雪《しらゆき》〉〈黒潮《くろしお》〉〈朝雲《あさぐも》〉〈五月雨《さみだれ》〉で敵潜を掃討中。輸送隊は撤収任務を続行されたし』

　闇夜で視認できないが、遠方から爆雷が炸裂する重低音が確かに聞こえた。警戒隊が復讐の音色を奏でているのだ。

　今回のケ号作戦では、第一連隊の橋本信太郎少将に優先指揮権が委ねられていた。小柳は海軍兵学校四二期卒だが、橋本は四一期卒だ。

　年功序列が最優先される組織で、先輩の命令に逆らうのはキャリアの自滅に等しい。

　ここは命令を呑むしかなかった。忸怩《じくじ》たる思いを抱きつつ、小柳は命じた。

「輸送隊の全駆逐艦に命令。座礁した二隻の僚艦から友軍兵をできるだけ多く救助せよ。制限時間は三〇分だ！」

第1章
復讐計画発動

1　棋聖

――昭和一八年二月八日早朝

トラック環礁は、日本海軍が戦前から整備していた中部太平洋における前線基地である。

ワシントン条約失効と同時に本格的な軍備拡張が始まり、開戦時には複数の錨地《びょうち》と飛行場が完成していた。

人口は軍民合わせて約三万名。陸軍部隊の展開も部分的に開始されていた。トラック環礁は早くも恒久要塞としての色合いを濃くしていたのだ。

その夜――トラック環礁の春島錨地には、二隻の巨艦が浮いていた。

戦艦〈大和《やまと》〉と〈武蔵《むさし》〉である。

現在、連合艦隊旗艦は〈大和〉だが、二月一一日付けで新鋭艦の〈武蔵〉に将旗が移される手筈になっており、司令部は連日、移転の準備に追われていた。

しかし、今日だけは特別だ。ケ号作戦が完全に成功するか否かの瀬戸際を見極めんと、連合艦隊司令部は〈大和〉の夜戦艦橋と通信室に入り浸り、情報収集に躍起になっていた。

煙突後方に設けられた斜めマストのアンテナは、日本戦艦では最強の受信能力を有する。地上の無線基地を除けば、〈大和〉の情報収集能力は別格であった。

司令部一同は、気もそぞろな様子で入電を待ちわびていたが、その首領たる連合艦隊司令長官だけは泰然自若な態度を崩さなかった。

ＧＦ長官山本五十六《いそろく》は長官控室で好きな将棋を指しながら、朗報を待っていたのだ……。


「長官、警戒隊の橋本少将から入電です！」

怒鳴りながら駆け込んできたのは黒島亀人《くろしまかめと》大佐であった。山本が懐刀と頼む先任参謀である。

「ふむ、黒島か。通信参謀ではなく、君が来たということは予定外の事件でも起こったかな」

わずかに目線をあげて山本がそう言うや、黒島大佐は呼吸を調えつつ返した。

「吉凶が混濁した報告です。こいつは手放しには喜べません」

「まあ、聞かせてくれよ」

しわがれた声で黒島は読み上げた。

『第三回撤収作戦はおおむね成功せるも、駆逐艦〈浜風〉〈長月〉を敵潜の雷撃にて喪失。戦死者多数のもよう。爆雷による反撃を決行す。現在、艦隊はラバウル方面へ退避中……』

山本は将棋盤から視線を離した。

「戦死者多数か……陸軍兵の撤収自体はうまくいったのかな」

「続報を待つしかありませんが、警戒隊の橋本少将も輸送隊の小柳少将も、ガ島戦線を知り尽くしたベテランですからね。残兵を置き去りにするような不人情な真似はせぬでしょう」

「それならば、作戦成功を陛下に御報告できるね。ケ号作戦は投機的な色も強く、駆逐艦は半分以上やられると思っていたが、三隻沈没ですんだのは僥倖《ぎょうこう》と言うべきかもな」

第一回作戦で〈巻雲《まきぐも》〉が機雷にやられ、第二回は戦没艦なしで切り抜けたが、第三回では二隻が沈められた。

ほかにも中破ないし小破したフネが数隻存在する。一万六〇〇〇名強の将兵を救助できた代価としては悪くないが、それでも犠牲者のことを考えれば胸が痛む。

怒りとも悲しみとも解釈できる表情で、黒島が言った。

「偽電作戦は失敗したのでしょうか？　第一連合通信隊と第八艦隊の特信班が小細工を弄《ろう》したはずですが。日本空母艦隊がイザベル島東方に展開中なりと……」

渋面のまま山本が応じた。

「仏の顔も三度だ。アメリカはそう何度も騙せるような相手じゃない。きっと見破られ、待ち伏せを食らったのだろう。帰路も危険だ。きっと米潜がうようよいるぞ」

「僕は、そうは思いません」

山本の声に反応したのは将棋の対局者だった。

「ニミッツ提督が偽電作戦を看破していたのなら、駆逐艦二隻の損害で終わるはずがありません」

発言者は水野義人《みずのよしと》という三一歳の男だった。

人相と手相の大家《たいか》である。軍人ではなく、海軍航空本部嘱託という身分で、搭乗員候補者の選定に携わってきた風変わりな占い師であった。

一国の科学技術の粋を集めた海軍が超自然的な力に頼るのは奇異な話だが、水野は実力と実績でその地位を獲得していた。もちろん奇異な代物に対し、好奇心を惜しげもなく注ぐ山本五十六の助力があったことは言うまでもない。

　奇行から、仙人参謀とも変人参謀とも呼ばれる黒島は、数少ない水野の理解者だったが、ここは反対意見を口にするのだった。

「しかしだな。アメリカ潜水艦の襲撃を受けたのは事実だぞ。黒星を偶然だ、不運だと言い切るのは負け戦《いくさ》の始まりさ」

　水野は少年のような澄んだ瞳で応じた。

「僕がトラック島に来たのは、捕虜となったアメリカ人パイロットの骨相を観るためです。虜囚の身でありながら、彼らの表情には不思議と凶相が見えませんでした。逆に、何人かの手相には大捷《たいしょう》の相がありありと確認できました。最前線の兵士は戦いの女神の顔色をうかがうのに最適のサンプルだと思います」

　黒島先任参謀が渋面のまま、

「それだけでは判じ物だ。説得力は皆無だぞ」

　と言ったが水野は淡々と話す。

「今回の撤収作戦ですが、アメリカ側に読んでいた者がいると思います。たぶん僕と同じで、色物扱いされている輩《やから》でしょう」

　声を発したものの信じてはもらえず、さりとて無視もできない。責任回避か義理のため、太平洋艦隊司令長官のニミッツは潜水艦を一隻だけ送った。そんなところではないでしょうか」

　山本長官は持ち駒の銀を握ると、盤上を睨《にら》んだまま語った。

「水野くんの才覚は認めるが、捕虜の人相でそこまでは読めまいな。なにか別の論拠があると思うのだが、どうかね」

「暗号ですよ。かなりの確率で帝国海軍の通信は解読されています」

意外すぎる一言に山本と黒島は言葉を失った。

水野は、なおも続ける。

「先日、軍令部第一〇課の要人と会食する機会を得ましたが、全員の顔に、油断と慢心の相が出ていました。僕に新式の呂暗号を採用したと得々と話してくれたのです。

あれでは駄目ですよ。どれだけ複雑な暗号でも、所詮は人間の作ったもの。すぐ解読されると考えたほうが利口です」

嘆息してから山本五十六が静かに言った。

「我らから運が逃げたのは勝ちに驕《おご》ったためか。こいつは参ったぞ。もう積極攻勢を仕掛けるだけの余裕は連合艦隊にはない。棒銀戦法でハワイを衝いたが、あんな奇策はもう無理だ」

しばしの間、黒島は将棋盤の戦局を凝視していたが、やがてこう告げた。

「長官の指し手を見ればわかります。これからは守勢一辺倒を決め込むお覚悟ですね。玉の周囲を金銀香で囲もうとしておられますが、穴熊戦法でしょうか」

「あれは籠城戦としては優秀な陣形だが、守るだけでは対米戦に勝機は見いだせない。攻めにも転じられる囲い――雁木《がんぎ》をやるつもりだよ」

対戦者の水野が訊ねた。

「振り飛車対策の引き角戦術ですかな」

「それは少し古いね。最近の雁木は違うぞ。銀を七段に、金を八段に集中させ、上からの直接攻撃に対応するだけでなく、角道を生かして後の先を取る形に進化しているのだ」

我が意を得たりとばかりに黒島が言った。

「つまり、機動防御ですな。しかし、側面から襲われると脆《もろ》い陣形でもあります」

「敵は横からは来ないよ。連合軍は必ず正面から来る。ラバウル基地にな……」

核心を突く発言に、黒島と水野は凍りついた。

山本五十六は泰然とした口調で言う。

「ガダルカナル島の要塞化に失敗した我らだが、ラバウルは旅順やヴェルダンを超える堅塁として築城しよう。

ここは太平洋の要石《かなめいし》であり、肉挽き機だ。敵軍に出血を強要し、アメリカ市民に厭戦《えんせん》気分を醸成すれば、講和の芽も見えてくるはず」

自身の深層心理に言い聞かせるような物言いに、水野が意を決したかのように返した。

「長官、正直に申し上げましょう。昨日、御尊顔を拝謁しましたところ、死相の片鱗が見えておりました」

さすがに顔色を変えた山本と黒島へと、水野は台詞を続けていく。

「ですが、御安堵ください。いまはそれが完全に消えているのですよ。どうやら運勢が切り替わる節目に僕たちは居合わせたようですね」

2　予言者

――一九四三年三月一四日

カリブ海に浮かぶマルティニーク島は大西洋における特異点であった。

大航海時代より英仏の間で所有権が行き来していたが、ナポレオン戦争以降はフランス領として定着し、今日に到っている。

フランス本国がナチス・ドイツの軍門に降《くだ》ったのちは、親独派のヴィシー政権が全島を支配し、我が世の春を謳歌《おうか》していた。

軍資金ならばあった。フランス陥落直前、本国から金塊を載せた軍艦が脱出し、何隻か到着していたのである。

連合国、特にイギリスは旗幟《きし》が不鮮明な水上戦力に畏怖を覚えた。

巡洋艦が数隻でも無視はできない。通商破壊戦を強行されれば、貴重な艦隊戦力を割かなければならないのだ。

英首相チャーチルは、北アフリカのメルセルケビルでフランス艦隊を攻撃し、無力化した過去を悔いていた。彼はアメリカ政府とも折衝を重ね、妥協案をマルティニーク島に通達した。

軍艦を出撃させないとの確約が得られるなら、空爆も干渉も一切しないと。

ヴィシー政権は打診を受け入れたが、その統治策は世辞にも褒められるものではなかった。奴隷貿易の甘味が忘れられなかった彼らは、人種差別政策を当然の権利とし、現地民に過酷な重労働を強いたのである。

退廃の島となったマルティニークだが、合衆国は熱い視線を注いでいた。

亡命政権の自由フランス政府がそこを支配したならば、それなりに貴重な軍艦が数隻手に入るではないか。

悪政に反発する声も大きく、マルティニーク島ではレジスタンスが勢力を拡張していた。合衆国は彼らに武器を横流しし、極秘裏に抵抗運動を支援していたのである。

破壊活動が活発化するにつれ、停泊中の艦船は動揺した。さっさとヴィシー政権を見限り、自由フランス政府に鞍替えしようとする意見が多数派となっていった。

そのためにはアメリカとのコンタクトを模索する必要がある。

合衆国艦隊司令長官兼作戦部長のアーネスト・キングはリクエストに応じ、島へと密使を送ったのだ……。

＊

フロリダから約三〇〇〇キロの空路は、さすがに尻に堪《こた》えた。

PBYカタリナは、コンソリデーデット社が開発した傑作飛行艇だが、いかにも軍用機らしく乗り心地はいまひとつである。

ジョセフ・J・ロシュフォート中佐は、眼下にマルティニーク島のフォール・ド・フランス湾が展開しているのを認めた。

そこには二隻の巡洋艦が碇泊している。金塊を運搬してきた軽巡洋艦〈エミール・ベルタン〉と練習艦の〈ジャンヌ・ダルク〉だろう。

遠方には島型艦橋《アイランド》を装備したフネも確認できた。あれは〈ベアルン〉に違いない。フランス海軍が保有する唯一の航空母艦だ。

事前情報どおりだと安堵したロシュフォートであったが、彼は意外な艦影を目撃し、眉をひそめるのだった。

もう一隻いたのだ。二隻から、やや距離を置いた場所に錨《いかり》を降ろしている艨艟《もうどう》は〈ジャンヌ・ダルク〉に酷似したシルエットであった。

予定外の行動と現実を嫌うロシュフォートは、優美なフランス軍艦を見下ろしながら、ため息を吐き出すのだった。

〈南海の楽園で遊んで来いか。キング大将も底意地が悪い。私を対日戦争からいちばん遠い場所に

追いやり、悦に入るとはな）

ロシュフォートは艦隊無線班《ハイポ》の責任者であり、暗号解読のエキスパートであった。

その機関はオアフ島真珠湾の、とある政府ビルの地下に設けられており、ロシュフォートは二四時間態勢で日本海軍の通信と格闘を続けていた。

努力が実ったのは、珊瑚海海戦の前後である。いわゆる〝D暗号〟を看破したロシュフォートはミッドウェー海戦で南雲《なぐも》機動部隊の行動を完璧に予測し、勝利に大きく貢献している。

だが、彼は己の意に反し、アメリカ本土へ召喚されることになった。海軍作戦部通信保全課暗号解読班、略号ＯＰ‐20‐Ｇと呼ばれるセクションが、ロシュフォートの排斥に動いたのだ。

いつの時代の、どの国家でも同じだ。醜い派閥争いは存在する。手柄を立てたロシュフォートへの妬《ねた》みは尋常なものではなかった。

『本国からの指示を無視し、スタンドプレーに走るロシュフォートなど獅子身中の虫。致命的なミスを犯す前にポストから外すべきだ』

自他ともに認める頑固者のロシュフォートは、任務が終われば厄介な存在と化したのだ。

太平洋艦隊司令長官チェスター・ニミッツ大将はその才覚を認めており、手放すことを拒んだが、最後には政治的判断に膝を屈した。ロシュフォートは本国に召喚され、閑職にまわされた。

表向きは栄転である。その功績を認め、建造中の新型浮遊式ドライ・ドック〈ＡＢＳＤ‐２〉の総責任者に推す声もあった。

大型戦艦も収容可能な前線修理施設だ。重職と言えなくもないが、ロシュフォートの特技とは、かけ離れたポストである。

なんとか暗号解読の技能を生かしたいと熱望する彼は、後輩から融通してもらった通信情報から巧みに状況分析を行い、こう予言していた。

『日本軍はガダルカナル島からの脱出を計画している。時期はおそらく二月初旬。日本機動部隊が別方面で展開中との情報が入れば、撤退開始の前兆と捉えるべきであろう』

実際のところ、真珠湾からは悲鳴にも似た救援要請が届いていた。日本海軍が新型呂暗号に切り替えたため、解読に難渋するようになり、ロシュフォートのカムバックを望む声が日増しに強くなっていたのである。

キング大将はそうした事情を勘案せず、ロシュフォートの上奏文を握り潰し、このような駄文を二度と寄こすなと厳命したのだった。


同時にキングはニミッツ大将にもメッセージを送った。ロシュフォートが身分不相応にも警告を送ってきたが、奴の戯《たわむ》れ言《ごと》を信じて艦隊を動かすような軽挙は慎まれよと。

ロシュフォートの能力を信じる太平洋艦隊司令長官は板挟みとなったが、折衷案としてハワイに帰投中であったSS-236〈シルバーサイズ〉のみをガダルカナルへ転進させた。

今年一月一八日に日本タンカーの〈東栄丸《とうえい》〉を、そして二〇日には〈すらばや丸〉〈明宇丸《めいう》〉を撃沈したエース級のサブマリンだ。

艦長はクリード・バーリンガム中佐、名うての潜水艦乗り《スキッパー》であった。

単艦で迎撃に急行した〈シルバーサイズ〉は日本艦隊を捕捉し、駆逐艦二隻を屠《ほふ》る戦果をあげたものの、直後に反撃を受けて連絡は途絶した。

バーリンガム艦長以下、総員戦死と判断するのが妥当であった。

ニミッツは己の決断を嘆いた。ダンケルク戦におけるドイツ軍の失敗を南溟で繰り返してしまうとは。キングの横槍など無視して、全艦隊戦力を急派すべきだった。

そうすれば、敵主力を洋上で屠れたのに。

日本軍ガ島撤退成功のニュースを聞いたロシュフォートは意気消沈したが、キングからさらなる追い討ちがかけられた。

特使としてマルティニーク島へ赴けというのだ。ヴィシー政権との縁切りが成功するまでは戻って来るなと。

つまりは実質的な島流しであった……。

カタリナ飛行艇が優美な着水を決めると、すぐさま短艇が接近してきた。

乗船したロシュフォート中佐は、てっきりすぐ上陸できるものと考えていたが、舳先《へさき》は桟橋ではなく別を向いていた。どうも上空から目撃した第三の軍艦へと急ぐ様子だ。

桟橋には軽巡〈エミール・ベルタン〉と練習艦〈ジャンヌ・ダルク〉が並んでいたが、そちらとは距離をあける格好となった。

そのときであった。短艇の航跡に高さ五〇センチほどの水柱が林立した。機銃音があとから遅れてやってきた。

反射的に身を伏せたロシュフォートは、

「撃たれたぞ！　どこからだ！」

と叫び、視線を確保しようと顔をあげた。

犯人はすぐにわかった。軽巡〈エミール・ベルタン〉の機銃群が白煙をあげているではないか。

フランス海軍の軍艦がフランス人のフネを撃っている。まさしく世も末な光景であった。本土を喪失し、捨て鉢になった軍人はなにをやらかすかわからない。

　幸いにも機銃掃射は瞬時にして終わり、追撃もなかった。

　短艇は這うようなスピードで練習艦と思しきフネに接舷した。ロシュフォートは震える足を叱咤しつつ、タラップを駆け上がった。

　そこで待ち受けていたのは、防暑服を着込んだ軍人らしからぬフランス人であった。相手はそれなりに流暢《りゅうちょう》な英語で語りかけてきた。

「ムッシュ・ロシュフォートですな。お待ち申し上げておりました。自分は現在、本艦を監督するマックス・ド・フォンブリューヌ少佐です。アメリカ海軍の特使を歓迎し、乗艦を許可します」

　形ばかりの敬礼をしてから、ロシュフォートはこう訊ねた。

「消毒液の匂いがしますが、艦医ですかな」

「そのとおりです。乗組員の体調管理と疾患対策に従事しております」

「このフネの監督をしているとの話だが、艦長はどこにおられるのか」

「艦長はブルーメール大佐ですが、昨日フォール・ド・フランス市役所へ折衝に出向いたきり、帰ってきません。拘束中である公算がきわめて大きいでしょう」

　剣呑《けんのん》な成り行きにロシュフォートは表情を暗くするのだった。

「しかし、艦医が指揮する軍艦も珍しいですな。あやうく私も治療してもらう必要が生じるところでしたよ。あの連中は無警告で撃って来ましたが、反乱の兆しと解釈すべきでしょうか」

「ノン。兆しではなく反乱そのものです。流れ弾で怪我をして、こっちの仕事を増やさないでくださいよ」

絶句したロシュフォート中佐に、艦医のフォンブリューヌは続けた。

「ともあれ、艦内へどうぞ。魚料理に合う白ワインのモンバジヤックがあります。前祝いにあれを開けましょう」

「前祝いとは?」

「傀儡《かいらい》政権のヴィシー政府が敗れ、自由フランス政府の正当性が全世界に響き渡る。これを祝わずになにを祝うのでしょう。

ロシュフォート中佐、貴殿の存在がその引き鉄となるのですよ」


長旅で疲れ果て、食欲は皆無だったが、豪勢なフランス料理の皿が次々に運ばれてきたからには、フォークを取らないわけにもいかない。

タルタルソースを添えた鰆《さわら》のムニエルに、魚貝類満載のスープ・ド・ポワソンが美味だった。デザートはマルメロのゼリーで、冷えていて絶品だ。具材はすべてマルティニーク島で穫れたものだという。

妙に甘い白ワインで胃が癒されていくのを実感しつつ、ロシュフォート中佐は言った。

「フォンブリューヌ少佐、私がこの島に来たのは調査のためです。マルティニーク島のフランス軍はヴィシー政権に肩入れするのか、それとも自由フランス政府に帰属する気なのかを確認し、ワシントンに報告するのが任務だ。それ以上の結果を求められても当惑するだけですな」

健啖家らしく、フォンブリューヌは皿の料理をきれいに片づけ、三つ目のバゲットを頬張りながら答えた。

「問題は単純化すべきです。アメリカとしては、我々が自由フランス政府の支配下に置かれ、ともに対枢軸戦争に参加するのが最善のはずだ。そのために是非とも協力をお願いしたい」

「買いかぶってもらっては困る。私は単なる連絡将校にすぎないのだから」

「この島では、アメリカ海軍の現役将校は存在そのものに価値があるのですよ。私からの要望は、ただはひとつ。本艦の指揮権を譲り受けてはいただけませんか？」

予想外の懇請に、ロシュフォート中佐は言葉に詰まった。艦医はなおも続ける。

「一時的な措置です。本艦がアメリカ海軍の指揮下に入れれば、堂々と星条旗をマストに掲げることができます。本艦はヴィシー政権に三行半《みくだりはん》を叩きつけましたが、〈エミール・ベルタン〉と〈ジャンヌ・ダルク〉は態度を決めかねているのです。先ほどの銃撃は過激派の仕業でしょうが、連中も現実を知ればおとなしくなりますよ」

ナプキンで口許を拭いながらロシュフォートは考えた。この軍医の言うことを、どこまで信用していいものだろうかと。

（食事の味は最高だった。これは厨房を支配下に置いている証左だ。軍艦で反乱が起きた場合は、台所を支配したほうが勝つ。このフネを軍医が支配しているのは事実だろう）

一気にフォンブリューヌはたたみかけた。

「三隻のフランス軍艦が砲塔を陸地に向ければ、それだけでヴィシー政権の共鳴者は山に逃げ込みますよ。すでにレジスタンスとも話はついております。貴殿が導火線に火をつけるだけで、連合国はフランス艦隊を味方にできるのです。悪い話ではないと思いますが」

この誘惑には抗《あらが》えなかった。ロシュフォートは訊ねた。具体的にはなにをすればいいのかと。

「無線で宣言して欲しいのです。本艦がアメリカ海軍の支配下にあり、すぐさま大西洋艦隊の主力が来訪すると」

「ブラフは苦手だし、演説はもっと苦手だ。私にできるのは暗号解読だけだよ」

「ほほう。それは実に興味深いですな。実は私は医業のかたわら、ある予言書の解読も行っておりまして、書籍も上梓してます。暗号に長《た》けておられるのなら、そちらでもお力添えを……」

「多方面同時作戦が敗北への一本道なのは、ドイツを見ればわかるだろう。まずはひとつずつ片づけなければ。不得手だが説得を試みよう。通信室に案内してくれ。ところで本艦の名前は？」

フォンブリューヌは、信じられない不調法者を見るかのような顔をした。

「まだご存じないのですか」

「知らん。事前情報では停泊中のフランス軽巡は二隻という話だった。シルエットから判断して〈ジャンヌ・ダルク〉の同型艦だとは思うが」

背筋を伸ばしてから、艦医はこう宣言した。

「本艦は練習軽巡〈ノストラダムス〉です。偉大な占星術師であり、医師であり、菓子の研究家でもある一六世紀の偉人から名を拝借しました。実は、私がライフワークにしている予言書解読も、彼の本なのです……」

船乗りという専門職を育成するため、練習艦は海軍にとって絶対に欠かせないフネである。

しかしながら、即戦力たりえる軍艦ではない。そのため建造を後まわしにする国が多かった。

フランス海軍も、また然り。長年にわたり旧式の装甲巡洋艦をその任務に充《あ》てていたが、さすがに老朽化が激しくなった。フランス艦隊は新造艦に切り替わりつつあり、新世代の練習艦を熱望する声が聞かれ始めた。

そこで、一九二六年計画で新造されたのが〈ジャンヌ・ダルク〉であった。

全長一七〇メートル、基準排水量六四九六トンと軽巡サイズである。一五〇名以上の士官候補生を乗せ、毎年のように遠洋航海を実施するには、

＊

そのくらいの図体が必要だった。

日本海軍の香取《かとり》型練習艦が全長一三三メートル、基準排水量五八〇〇トンだから、なかなかの大型艦であろう。

一朝有事の際には、実戦にも参加できるように武装も欲張っている。

一五・五センチ連装砲塔が四基、七・五センチ単装高角砲を四門装備し、さらに五五センチ単装魚雷発射官を二基と水上機の収容設備も準備していた。装甲を駆逐艦程度で辛抱した代価として、二五ノットの健脚も得られた。

一番艦の〈ジャンヌ・ダルク〉は一九三一年に就役したが、乗員の評判は非常に良好であった。

舷側が高いため凌波性は最高で、上甲板に設けられた客船のような遊歩甲板《プロムナードデッキ》のおかげで乗り心地も素晴らしかった。

現場から二番艦が待望されたのも頷《うなず》ける話だ。ドック入りのインターバルを考慮すれば、やはり二隻目が欲しい。だが、予算不足で実現は大幅に遅れ、建造計画に組み込まれたのは一九三八年であった。

一号艦の設計から一二年もの時が経過したからには、そのまま同じフネを建造するわけにもいかない。ドイツという仮想敵国が強大化しつつある現実を踏まえ、二号艦にはもっと実戦的な装備が求められた。

主砲四基に変更はないが、雷装と高角砲は倍増された。水上機関連の設備は全廃され、部分的ながら軽巡なみの装甲も用意された。

再設計としては順当な出来映えだったが、時を浪費しすぎた。

進水したのが一九三九年の九月だ。翌年五月のヒトラーによるフランス侵攻の段階で、完成率は八〇パーセント。自力航行は可能だったが、主砲以外の武装は搭載が間に合わなかった。

国外に退避させる金塊と美術品を積めるだけ積み込み、這々《ほうほう》の体《てい》でロリアン軍港を逃げ出したのは六月一三日だった。

パリ陥落の前日である。

正式に〈ノストラダムス〉と命名されたのは、マルティニーク島に到着した直後であった……。

*

無線による二隻のフランス軍艦への投降工作は、拍子抜けするほど簡単に成功した。

艦医フォンブリューヌ少佐の言ったとおり、ロシュフォートが身分を明らかにし、星条旗を掲げただけで〈エミール・ベルタン〉と〈ジャンヌ・

ダルク〉は恭順の意を示した。

実際のところ、二隻の首脳陣は勝ち馬に乗ることしか考えておらず、旗色の悪いヴィシー政権に見切りをつける機会を求めていたのだ。

ロシュフォートの来訪は文字どおり、渡りに船であった。

機雷敷設を主任務とする〈エミール・ベルタン〉の艦長からは、勝手に機銃掃射を命じた砲術長を引き渡すので、アメリカ艦隊との仲裁を頼むと泣きつかれる始末だった。

三隻のフランス軍艦のマストに星条旗がたなびき、砲門がフォール・ド・フランス市へと向けられるや、随所から黒煙があがり、散発的な銃声が聞こえてきた。

レジスタンスたちが一斉蜂起したのだ。

地上戦は数時間で終結し、あくまでもヴィシー政権に忠誠を誓う者は山岳地帯へ逃走した。

夜半には囚われていたイル・ド・ブルーメール大佐も無事に帰艦し、艦長として指揮権を再掌握した。

ようやく肩の荷が下りたフォンブリューヌは、治療室と研究室を兼ねる部屋にロシュフォートを招き入れたのだった。


ロシュフォートが入室して、すぐに気づいたのは独特の染みの香りであった。

消毒液のそれではない。古書の芳香だ。

そこは一般的な医療器具に加えて、種々雑多な書籍が山積みとなっていた。フランス語のものが大半だが、英語やドイツ語の冊子もある。

「フランス陥落前に持ち出せるだけ持ち出したのですな。金塊は取り返せばいいが、紙は燃やされればおしまいだ。賢明な判断です」

　薄汚れた籐《とう》椅子に腰かけながらロシュフォートがそう言うと、フォンブリューヌは満足げに何度も頷き、一冊の崩れかけた本を取り出した。

「書籍は金塊などよりもはるかに価値があります。特にこれなど人類の宝。《ミシェル・ノストラダムス師の予言集》の一五五八年版ですぞ」

「きっと貴重なのでしょうが、私には価値がわかりかねますな。怪しげな占星術師の名前を軍艦に用いるとは、フランス海軍も洒落がきつい」

「なるほど。ノストラダムスは占星術師ですが、医師でもあり、人文主義者《ユマニスト》でもあり、ジャムや化粧品の研究家でもあったのです。またヴァロワ朝にも仕え、常任侍医兼顧問の称号まで授けられています。〈ジャンヌ・ダルク〉と同様、軍艦にはふさわしい偉人と評せましょう」

　興奮したフォンブリューヌは饒舌《じょうぜつ》になった。

「いいですかな。この一五五八年版の予言集は、百詩篇集の全一〇巻が収められた初めての完全版ですぞ。この本には人類のすべての未来が記されています。読む人が読めばわかるのです」

　どうも軍医はオカルトに傾倒しているらしい。

　ロシュフォートは失望を禁じ得なかった。よき軍人とは現実主義者を指す。怪しげな趣向からは、なるべく距離を置かなければならないのだ。

　昼間の成功で手にした高揚感が急激にしぼんでいくのが、如実に感じられた。自然と口調も乱雑になる。

「未来が読めるのであれば、苦労などいらんよ。それじゃあ、ご教示願おうか。この戦争はどうなるんだ？」

「対枢軸戦争は連合軍が勝利します。それこそがあらかじめ定められた未来なのです」

気持ちいいほどの断言だが、ロシュフォートはなおも問い詰める。

「勝利を約束されるのは悪い気はしない。しかし、根拠が皆無に等しいのでは説得力はない」

そこで、フォンブリューヌは一冊の本を取り出した。

「拙著ですよ。五年前に上梓し、ベストセラーになったのですが、一昨年、発禁を食らいました」

表紙にはフランス語で《ノストラダムス師の大予言　その解説と注釈》と書かれている。下には著者としてフォンブリューヌの名があった。

「自由、平等、博愛のフランスで発禁になるとはよほどの理由があるのだろうな」

「アドルフ・ヒトラー氏が暗殺されると解読したところ、独仏両政府から危険人物扱いされてしまいました。しかし、地下出版では版を重ねている様子。読者層が広まってくれるなら、作者冥利に尽きるというものですがね」

艦医フォンブリューヌは本をめくると、とあるページを開示した。そこにはこんな四行詩《カトラン》が記されている。

　第五巻一七番
夜陰に王が隘路《あいろ》を通る
キプロスの大夫がそれを待ち伏せする
王は斃《たお》れて下手人はローヌ河に逃げ
謀反人は彼を死に追いやる

わけのわからない世迷い言だな。そんな考えが顔に出てしまったのをフォンブリューヌは見逃さなかったようだ。

「これに記された王とは、ドイツ第三帝国総統のアドルフ・ヒトラーに相違ありません。彼は暗殺事件に巻き込まれ、犯人は逃走するも、やがて奴も殺されるという意味なのです！」

「いやまあ……王が暗殺されるという予言なのは同意するが、それがどうしてヒトラーだとわかるのかね」

「ノストラダムスの故郷プロヴァンスに住んでいた私には、語感からそう判断できるのです。貴官のような異邦人《エトランゼ》には理解できないでしょうが」

「答えになってないぞ。どこにも名前は書かれていないじゃないか」

「ノン！　ほかの詩では名前もしっかり明記されています。例えば、第四巻六八番です。その三行目をご覧ください」

第四巻六八番
ヴィーナスの年から遠からぬ地で
アジアおよびアフリカの偉人二人が
ラインとヒステルから来たと噂されよう
マルタとリグーリア海岸は叫声と涙で満ちる

「このヒステルとはヒトラーの字謎遊び《アナグラム》であり、独裁者登場の予言に相違ありません！」

熱のこもった発言だが、暗号解読のスペシャリストであるロシュフォートには脳裏に閃《ひらめ》くなにかがあった。彼は手近にあった仏仏辞典を引くと言った。

「やっぱりだ。ヒステルとは別に珍しい単語じゃない。ドナウ河の古い呼び名ではないか。ラインも河なのだから、そっちも地名と考えるのがごく自然だろう」

「いいえ！　これはヒトラーのヒステリックな性格を表現するためにノストラダムスがあえてそう記したのです。同時に、ドナウ河の両岸をドイツ軍が席巻することも暗示されている！

アフリカの偉人とは、エチオピアに侵攻したムッソリーニだ。そして、アジアの偉人は日本海軍のアミラル・ヤマモトに間違いない！」

ロシュフォートは押し黙った。感心したわけではない。説得も論破も不可能な相手には、沈黙する以外に対処法がないだけだ。

冷やかな視線に気づいたのか、フォンブリューヌはより興味を引きそうな話題に切り替えた。

「ヨーロッパ戦線だけではありません。ノストラダムスは太平洋の戦いも克明に描写しております。これを読めば、きっと納得してもらえましょう」

第四巻二三番
洋上艦隊の一個軍団が
石灰、マグネシア、硫黄、松脂《まつやに》で炎上しよう
安寧が担保されていた地における長き静寂
炎はスランの港とモナコを焼き尽くすだろう

「艦医の言いたいことは理解できた。これが真珠湾攻撃の予言だと主張する気だろう」

「まさに。ここでキーワードとなるのが〝スランの港〟ですな」

「スランの港？」

「直訳すれば、セリム一世の港、もしくは月の港となります。そして、月を象徴する宝石は真珠。その名を持つ軍港に惨劇が押し寄せた……」

「ではモナコは？　あの小国の港に戦火は及んでいないだろうに」

「真珠湾攻撃を命じたアミラル・ヤマモトは稀代のギャンブラーです。モナコのカジノで大勝ちし、出入り禁止を頂戴したと聞きます。まさに炎のような男。文字どおり焼き尽くしたと称しても奇妙ではありますまい」

「そんなのは単なるこじつけだよ。これだけたくさんの詩があれば、確率的に現実のそれと似ている表現が出現するのが自然だ。こんなまやかしものなど研究対象とするに値しないね」

「そう。まやかしものです。だからこそ、余計に始末におえないのですよ」

意味深な表情でフォンブリューヌは、こう切り出してきた。

「人間とは狂気と戦乱の時代にこそ、まやかしものを強く求めます。それは兵器にもなりうるのです。中佐は、イギリス軍が実行中の《ノストラダムス作戦》をご存じありませんか」

「知らないね。宣伝工作の一環かな」

「そうです。チャーチルは、ドイツから亡命してきたルイ・ド・ウォールという占星術師にノストラダムスがドイツ敗北を予言していたと解読させ、フランス全土にビラを撒いたのです。腹立たしいことに私の本からの剽窃《ひょうせつ》もあります」

「イギリスは魔女の本場と聞くが、一国の元首がオカルティストに頼るとは。どちらかと言うと、ヒトラーがやりそうな手口だな」

「もちろん、ドイツも同様の企みを実施しておりますぞ。宣伝省が召し抱えたカール・エルンスト・クラフトというスピリチュアル・アーティストに命じ、やはりノストラダムスの詩編を解釈させているのです。もっとも、こちらはドイツ大勝利が予言されているとの結論ですが」

「つまり、読もうと思えばどうにでも読めるということじゃないか」

「まことに。しかし、軍事作戦に利用されている現実は認めるしかありませんぞ。ありとあらゆるものを武器とするのが戦争であれば、この練習巡洋艦〈ノストラダムス〉の我が机は、対枢軸戦の最前線たりえるのですよ」

フォンブリューヌの口調は冷静さを取り戻していた。声のトーンには奇妙な説得力があり、秘めた情熱が感じられた。このフランス人の軍医は戦う気概を失っていないのだ。

こうした人間は、目的さえ与えれば無限の努力を重ねてくれる。扱いかたしだいでは逆利用できるかもしれない。

ロシュフォートは言った。

「では、教えてもらおう。太平洋戦争の行く末はどうなるとノストラダムスは言っている？」

「アミラル・ヤマモトの命が危機に瀕し、連合国は優勢となりましょう。アメリカ軍は待ち伏せという古典的な手段で復讐を遂げるつもりでしょう。その端緒となるのが次の詩編です」

フォンブリューヌが指で示した部分には、こんな奇怪な詩文が記されていた。

第二巻九一番
黎明に大火災が目撃されよう
轟音と閃光が北へと広がる
死と絶叫が輪の中で聞かれ
武器、炎、飢えの道で死が待ち伏せする

「冒頭にある黎明の大火災とは、真珠湾の惨劇だ。四行目の武器と炎と飢えの道とは、ガダルカナル島の戦場を意味している。そして……死は誰を待ち伏せするのでしょうね」

フォンブリューヌの使嗾《しそう》めいた台詞に、ロシュフォートは再び口をつぐんだものの、その頭脳はかつてないほどの勢いで回転を始めていた。

説伏されたわけではない。うまく使えば復権の駒になるはずだと考え始めたのである……。

3　双胴の悪魔

——一九四三年四月一〇日

戦争は外交の最終形態であると同時に、善悪の逆転現象が顕著になる社会的逆境でもある。

一人でも殺せば殺人者と呼ばれる健全な世界において、百万の敵を斃した人物は殺戮者の汚名を頂戴するであろうか？

否である。彼は英雄と呼ばれよう。

そして不健全な世界では、一人の命が百万のそれに匹敵すると判断された場合、あらゆるリスクを冒してでも抹殺が実行される。

マキシムな殺しがミニマムな殺しに凌駕されるとは矛盾だが、戦争という行動自体が矛盾の最終形態である以上、眩惑する者もさせる者もいまい。

そして、禅問答めいた言語遊戯は現実になろうとしていた。

暗殺を勝利の呼び水とするための新型軍用機が真珠湾《パールハーバー》に集結中だったのだ。

＊

「ビル、久しぶりの母港《パール》の空気はどうかね」

太平洋艦隊司令長官《CINCPAC》と太平洋戦域最高司令官《CINCPOA》を兼任するチェスター・W・ニミッツ大将は、南洋帰りの南太平洋方面軍司令官《COMSOPAC》へ声をかけた。

「戻るたび復興していくのがわかりますな。あと半年もすれば真珠湾《パール》が騙し討ちに遭ったことなど、誰も信じなくなりますよ」

ウィリアム・F・ハルゼー大将は、信頼を置くに値する上官と相対し、不敵な笑みを浮かべるのだった。

二人がいるのは、オアフ島の太平洋艦隊司令本部である。西側に真珠湾が展開しており、目の前には潜水艦と魚雷艇の基地があった。

ニミッツは着席を勧めると、一流のファイターとの評価を与えている部下をねぎらうのだった。

「ヌーメアから呼び戻してすまなかった。電報でも知らせたとおり、一五日からブリスベンで開催される連合軍の定期会議に出席してもらいたいのだよ。私の代理としてね」

「ボスは、まだお具合が？　マラリアに感染したと聞きましたが」

「うむ。だいぶましになったが、まだ遠出は医者が許さない。それに南西太平洋軍最高司令官《CINCSWPA》の顔を見れば体調が悪化しそうだ」

苦笑いをしてからハルゼーは言った。

「あの〝ビッグ・マック〟は、俺も苦手ですなあ。一月に重爆隊を貸してくれと頼みましたが、一蹴されちまいましたよ。B17がもっとあれば、ジャップをガダルカナルから逃がしたりしなかったんですがね。面談がかなえば、あのわざとらしいコーンパイプをへし折ってやりますぜ」

痛快な反応にニミッツの口許は緩んだ。

太平洋艦隊司令長官は、手を組まなければならない陸軍大将ダグラス・マッカーサーを、身内の敵に近い存在と見なしていたのだ。

　卓上にはマッカーサーの新聞写真を入れた額が飾ってあるが、敬意があるわけではない。軽挙妄動を慎むための反面教師の像であった。

　そして、ハルゼー提督は気質としてマッカーサーに近い。毒をもって毒を制するには、うってつけの男であろう。人材活用における達人のニミッツがハルゼーを重用している理由のひとつだった。

「まあ、穏やかに頼むよ。日本軍を叩き潰したいという信念において、マッカーサーは君と同じだ。ブリスベンのレノンズ・ホテルに部屋を用意しておいた。マッカーサーが定宿としているから、楽に面談ができるだろう」

　軽く頷いてから、ハルゼーは底意地の悪そうな目線を繰り出してきた。

「ボス、俺を南方戦線から呼びつけたのは、マッカーサーの人となりを教えるためじゃないはず。本題に入ってもらえませんかね」

　洞察力に切れ味を増したハルゼー提督の発言に、ニミッツは緊張感を取り戻すのだった。

「うむ……実は艦隊無線班《ハイポ》の責任者だったロシュフォート中佐から奇妙な進言が届いたのだ」

「例の暗号屋ですな。ミッドウェー海戦大勝利の立役者のひとりだ。帰国命令が出て本土に戻ったと聞きました」

「手放したくない逸材だったのだが、ワシントンの無線傍受局《ネガト》と折り合いが悪くてね。かばいきれなかったよ。彼を失ってから、暗号解読の精度はワンランク落ちている」

「首都のクソッタレめが！　最前線に出てこない臆病者が好き放題にやりやがって！」

　怒りで湯気を出しそうなハルゼーにニミッツは続けた。

「ロシュフォートはカリブ海のマルティニーク島で自由フランス海軍と折衝を重ねていたが、未知の情報源と接触した結果、ある暗殺計画の実現性を調査すべきとの電文を寄こしてくれた」

「暗殺計画だって？　そりゃ殺せるなら、トージョーだってヒトラーだって殺してやりたいですぜ。いったい誰を殺《や》ろうというんですかね」

「アドミラル・フィフティシックス・ヤマモト」

その固有名詞にはさすがのハルゼーも絶句しかけたが、やがて闘将は言葉を絞り出す。

「獲物としては超大物ですな。しかし、情報源が不明のまま本腰を入れるのは厄介ですぜ。

暗号屋はフランス海軍と接触したそうですが、ヴィシー政権の影響下にあった組織なら、ドイツから偽情報を流された危険性もあるでしょう」

「そう断じるのは簡単だが、座視は許されない。ロシュフォートは合衆国本土にありながら、日本軍のガダルカナル脱出を言い当てたのだから」

「そう言われましてもね。暗殺は相手の居場所が一〇〇パーセントの確率で判明していないと、成功は覚つきません。捜すにしても太平洋はあまりに広すぎます」

「ロシュフォートの話では、ヤマモトは待ち伏せ《アンブッシュ》可能な場所に現れるというのだ。君の考えを聞かせてくれないか」

ハルゼーはこめかみを指で押さえながら、しばしのあいだ黙考した。

「ヤマモトがトラックかラバウルあたりで指揮を執っているのは確実でしょうぜ。待ち伏せできる条件を付加できるのなら、なにかの理由で前線に姿を見せるんですかね？　可能性があるとすれば、旗艦が動くとか」

「日本海軍は新型戦艦〈ヤマト〉を就役させた。子細はまだ不明だが、四万トン級で四〇センチ砲を九門装備と推定されている。そんな巨艦で出撃してくれれば暗殺など無理だね」

「それなら飛行機でしょうが、言い当てるのは無理ですぞ。どこを離陸し、どこを通過して、どこに着陸するかを全部把握しなければなりません。そこまでの情報はないんでしょう?」

ニミッツが無表情のまま首を横に振ると、ハルゼーは勢いづいて言った。

「やるとすれば艦上戦闘機を動員しなければなりませんが、ベテランのF4Fにせよ新鋭のF6Fにせよ、航続距離は二〇〇〇キロ内外。これでは捜索の暇さえありゃしない。不確かな情報だけで俺の空母を動かすわけにはいきません」

「ビル、君の言うとおりだが、仮にもう一〇〇〇キロ余計に飛べる迎撃機が使えるとしたら、状況は違ってくるんじゃないかな」

軍帽をつかんで立ち上がったニミッツは、こう言い放つのだった。

「フォード島に行こう。見せたいものがある」

真珠湾の中央に浮かぶフォード島は面積の大半を滑走路が占めており、軍用機がひっきりなしに離着陸を繰り返していた。

その周囲は艦隊の投錨地となっていて、多くの軍艦が躰を休めている。

悪夢の一九四一年一二月七日から一六ヶ月が経過し、損傷した戦艦の大半は引き上げられたが、修理不能と判断された数隻は放置されていた。

特に戦艦〈アリゾナ〉と標的艦〈ユタ〉の残骸が痛々しかった。魚雷艇でフォード島へと向かう二人は、惨劇の痕跡を無言のまま見つめるだけであった。

そして――沈黙は爆音で破られた。

頭上を双胴の、正確には三胴の双発機が通過して行ったのだ。

茶褐色《ダークブラウン》に塗られたマシンはそのまま高度を下げると、フォード島の滑走路へとアプローチを決めていく。

「P38だ。ヒッカム飛行場あたりから飛んで来たんだろうが、陸軍機がなぜ海軍飛行場に？」

桟橋から上陸したハルゼーが疑念を発すると、ニミッツはすぐに応じた。

「オアフ島から飛来した陸軍機ではない。カリフォルニアからダイレクトにハワイまで来たのだ。航続距離を最大三八〇〇キロにまで延ばしたF型だよ。あれを使えば、待ち伏せだって夢ではないと考えるのだがね」

用意されたジープに乗り込んだ両名は、すぐに滑走路の脇まで到着した。

そこにはロッキード社の単座双発戦闘機P38が二〇機以上も翼を連ねていた。陸軍航空隊のパイロットや整備兵が大勢、姿を見せている。壮観すぎる眺めにハルゼーが口笛を吹いた。

「絶景であるのは確実ですな。俺は長年、空母で運用できないマシンは軍用機じゃないと思っていましたが、宗旨替えしたくなりましたぜ」

操縦士資格《ウイングマーク》を持つ彼は、駐機中のP38Fに近づくと鋭い観察眼を発揮した。

「ヌーメアで何度か目撃したが、じっくり見物するのは初めてだな。うん？　この双胴には車輪と排気タービンが入っているだけかよ。なるほど。これならナセル・ストールの脅威から解放されるわけか」

微妙な表情をしたニミッツに、ハルゼーは専門家として解説するのだった。

「航空機エンジンは剥き出しでもいちおう動きますが、高速を望むなら空気の潮流をスムーズにしてやらなければなりません。つまり、覆い《ナセル》が必須なんです。

機首にエンジンを構える単発機なら問題はありませんが、双発機ではだいぶ話が違ってきます。主翼にそれを二つも装備する関係上、主翼後方のフラップ付近ではどうしても気流が乱れ、速度が低下してしまうんですな。

それこそがナセル・ストールです。双発機特有の弱点ですが、P38ではその心配は無用。気流は主翼を抜け、双胴に沿ってうまく流れてくれるでしょうから、最大速度は時速六三〇キロを超えるだろうな」

腕組みをしたままハルゼーは小声で言った。

「ボス、工夫しだいですが例のプランは現実味が増してきましたぜ。できれば海軍機で始末したいところですが、急な導入は難しい。そこで陸軍にも話を通したのでしょう?」

ニミッツはよりいっそうひそめた声で答える。

「海兵隊にも一枚噛ませるよ。全軍一丸となって孔雀《ピーコック》を撃ち落とすんだ」

「そいつはどうでしょうかね？　極秘作戦は詳細を知る者が少ないほど、成功の確率は高くなるんですが」

「太平洋艦隊は、もう失敗ができないんだ。ガダルカナル島から敵主力を逃がしたのが痛かったね。これ以上の黒星は発言力の低下に繋がる。下手をすれば、マッカーサーが対日戦争のすべてを切り盛りするようになる」

　ハルゼーの瞳を見据えてから、ニミッツは短く命じるのだった。

「こいつはギャンブルだ。それもコインを積むに値する博奕《ばくち》だよ。ビル、うまくやってくれ」

第2章 巨星を討て

1　双発の堕天使
――一九四三年四月一七日深夜

その夜、ラバウル基地で宿泊中の小澤治三郎《おざわじさぶろう》中将は、ついに一睡もできなかった。

悪い予感に心を支配されていたからである。

軍人は迷信に囚われてはならない。そんなことは百も承知。しかしながら、戦場にジンクスという魔物は常につきまとうのだ。

まずは日付がよろしくない。

一年前の今日、つまり昭和一七年四月一八日にはドーリットル隊による東京初空襲が実施され、それがミッドウェーの敗北を招いた。

また、曜日も同様に気に入らない。

今日は日曜日である。真珠湾攻撃も現地時間では日曜日だった。日本にとって吉日だとしても、アメリカにとっては厄日であった。

そして、吉凶は猫の目のように変わるものなのだ。こんな日に前線視察など強行しても得るものは少ない。小澤は熱心に説いたが、連合艦隊司令長官は自説を曲げようとしなかった。

説得は無意味だった。山本五十六という男は人の好き嫌いが激しく、頑固一徹を絵に描いたような男である。いちど言い出したら、誰の進言も耳を傾けようとはしなくなる。

　旧知の仲である小澤は、山本の性分を熟知していたため、過度の進言は避けた。これ以上の関係悪化は望ましくないと考えたからである。


　当時、山本と小澤の間には目には見えない溝が刻まれていた。それは、四月七日から一六日にかけて実施された〝い号作戦〟に起因している。

　山本長官が主導した攻勢案だ。

　投入された海軍機は総計三五〇機！　基地航空隊として第二一および第二六航空戦隊から一九〇機が、そして小澤配下の第三艦隊からも一六〇機がラバウルに着陸し、合同作戦が実施された。

　攻撃目標はガダルカナル島とニューギニア各地の連合軍飛行基地だ。

　開戦劈頭《へきとう》の真珠湾やフィリピン戦における航空撃滅戦の再現を狙ったわけだが、当初、小澤は難色を示した。

　参加するとなれば〈瑞鶴《ずいかく》〉〈瑞鳳《ずいほう》〉〈隼鷹《じゅんよう》〉〈飛《ひ》鷹《よう》〉の格納庫をカラにする必要があった。損害も尋常ではあるまい。作戦終了後には内地に戻り、飛行隊をいちから再建せねばならなくなる。そこまでの価値があるだろうかと。

　いっぽう基地航空隊を指揮する南東方面艦隊司令長官草鹿任一《くさかじんいち》中将は大いに乗り気で、小澤との間に軋轢《あつれき》が生まれ始めていた。山本が小澤をトラック環礁から呼んだのは、関係修復の意味合いも強かったのである。

　結論から記すなら、い号作戦はひとまず成功と呼べるだけの戦果を残した。

　戦後の調査では、駆逐艦〈アーロン・ワード〉のほかに海防艦《コルベット》および油槽艦《オイラー》を各一隻ずつを撃沈し、敵機二五機を撃破したと分析されている。

もちろん代価も大きかった。

撃墜され、あるいは帰還後に修理不能と判断された日本機は六〇機以上に及び、第三艦隊の各空母はその後の活動に支障を来した。小澤の予想したとおりであった。

竜頭蛇尾との評価もあるが、連合艦隊の士気は一時的にあがった。山本はこのときから前線視察を口にするようになる。

もともと山本は、陣頭指揮に強い興味を示してはいなかった。通信環境が完璧なら、呉鎮守府から指揮するほうが望ましい。現に敵将ニミッツは、真珠湾から動こうとしないではないか。

そんな山本が心変わりをしたのは、最前線で戦う搭乗員たちの表情を実際に見たからだ。己の存在が、ここまで士気に影響するとは想定外だった。

情の人である山本は、明日をも知れぬ命の若者を慰めることができるなら、多少の危険など厭《いと》わないと言い切った。

たちまち視察計画が立案された。

ガダルカナル陥落後、最前線となったブーゲンビル島とショートランド島を空路で訪れ、二四時間でラバウルへ戻るのが最善であろう。

かなりの強行軍だが、やむを得ない。出発予定時刻は四月一八日の午前六時だった……。


小澤は横になったまま軍用腕時計を見た。午前三時半。あと一五〇分で山本長官は、ラバウルを飛び去ってしまう。

もう眠れまいな。

入眠の努力を放棄した彼は、やおら起き上がった。身支度をすませて、粗末な造りの兵舎をあとに飛行場へと足を運んだ。

　ラバウルでは現在、四本の滑走路が運用中だ。小澤が向かったのは東飛行場である。

　大小一〇〇機分の掩体壕が準備された拠点だ。そこには特別仕様の一式陸上攻撃機が二機、翼を休めていた。

　ここは戦闘機と偵察機の溜まり場となっている。陸攻は通常、西飛行場で運用されていたが、今日だけは特別だった。

　市街からいちばん近いこの東飛行場は、なにかと具合がよい。連合艦隊首脳部を全員乗せ、遠征に用いられる一式陸攻だ。宿舎のそばにある滑走路に駐機して当然だろう。

　連合艦隊首脳部全員。その単語が持つ意味に、小澤は背筋が凍るのを覚えた。ここで万一の事態が生じたら、帝国海軍はどうなってしまうのか。

　山本五十六は日本の柱石である。この人去って再びこの人なし。政府や軍だけでなく、国民への打撃も計り知れないものとなる。

　視察を思いとどまらせることができないなら、せめて護衛を増やしたいところだ。小澤は第三艦隊司令長官という立場から、零戦を五〇機は供出できると申し出たが返答はなかった。

　同行する護衛戦闘機は六機か九機という話だ。そんな装備で大丈夫だろうか？

　ブーゲンビル島には海軍基地と飛行場があり、いちおう制空権は確保しているが、最前線という現実に変わりはないのだ。

　小澤は夜空を見上げた。南溟の星々は驚くほど明るい。天の川の光輝で地面に影ができるのには驚かされたが、今日は満月に近いため、銀河の姿は薄らいでいた。いまは月光が無遠慮に滑走路を照らしている。

するとーー遠方から発動機らしき重低音が流れてきた。小澤が夜空を仰ぎ見ると、大型機が月をかすめるように飛来してきた。

見慣れない双発機だ。葉巻のような一式陸攻とは違い、スマートなシルエットである。まさかとは思うが敵機では？

小澤の不安は杞憂に終わった。空襲警報のサイレンは沈黙しているし、滑走路の誘導灯が部分的に点灯したではないか。友軍機に違いない。

その機体はここの滑走路に慣れていない様子だ。進入方向を見極められず、何度も旋回を繰り返している。たどたどしい動きに管制塔が業を煮やしたのか、誘導灯をすべて点《つ》けた。

途端に周囲は不夜城のような明るさとなった。思わず、小澤は身を屈める。いつ空襲に見舞われるかもわからない前線基地で、これは危険すぎはしまいか？

ガダルカナル島撤退後、ラバウルは攻勢計画の足がかりではなく、守勢の根拠地へと様相を変えつつあった。その現実を認めた現地責任者の草鹿中将は、市街の外周部に早期警戒所を用意させ、見張りを徹底させていた。

敵機接近なしと判断したうえでのライトアップなのだろうな。小澤はそう思い込もうとしたが、不安は拭いきれなかった。そして悪い予感ほど、よく当たるものなのだ。

光量が増え、視線に飛び込む情報は倍増した。そのとき視界の隅でなにか蠢《うごめ》いた。

人影だ。怪しい影が滑走路の脇に蠢いている。連中は駆け足で一式陸攻へと接近した。

距離が五〇メートルはあるため、小澤にはどうすることもできない。幸いにして見張り台を兼ねた木造の管制塔が異変に気づき、サーチライトが浴びせられた。

その返礼は銃声であった。短機関銃の撃発音が鳴り響き、管制塔から悲鳴があがった。狼藉者を照らし出していた光芒が消え、直後に炎特有の色味が夜陰を切った。

重い爆発音があとからやってきた。もはや事件の公算は低い。明らかに敵襲だ。その証拠として特別仕様の一式陸攻が燃えている！

マレー沖海戦でイギリス東洋艦隊を屠った栄光の陸上攻撃機は、左翼の車輪を破壊され、無様に擱座《かくざ》していた。吹き上がる炎で下手人の影が鮮やかに確認できた。

賊は三人。頭陀袋《ずだぶくろ》をかぶっており、表情はうかがい知れない。彼らは滑走路から逃げだそうとしている様子だ。

小澤は、すぐ地面に伏せた。火山灰の粉が鼻孔にまで侵入し、えずきそうになるが、どうにかそれを辛抱する。

ここで警備隊がようやく仕事をした。走り去る三人に向かい、代償を求める銃弾が走ったのだ。

九二式重機関銃による掃射である。命中精度と殺傷力において世界屈指の火器だ。

たちまち二人が射貫かれ、糸が切れた操り人形のように崩れ落ちた。

残るひとりは暗闇へと脱兎のように駆け出し、小澤のほうへと迫ってくる！

丸腰で出てきたことを悔やむ彼であった。柔道なら免許皆伝の腕前だが、武装した敵兵を相手にするのは自殺も同じだ。

ただし、座視は小澤の辞書にはなかった。発見され、無抵抗で射殺されるのは御免こうむる。

小澤は覚悟を決め、相手が接近してきた瞬間を狙い、下半身を捻って足払いをかけた。小柄な賊は不意打ちに対応できず、地面に転倒した。すぐさま馬乗りになり、顔面を強打すると、顔を隠していた粗末な袋をはぎ取った。

女だった。白人ではない。浅黒い顔の少女だ。間違いなく現地人だろう。

八紘一宇《はっこういちう》を標榜し、住民の懐柔と宣撫にも力を入れている日本だが、オーストラリアに接近するにつれてそれも弱まり、逆に反日抵抗組織が力を増している。ラバウルにもそうした輩《やから》が潜伏しているのは自然かもしれない。

しかしながら女が、それも小娘が便衣隊《ゲリラ》になって襲いかかってくるとは、皇軍もずいぶんと嫌われたものである。

面食らった小澤に一瞬の油断が生じた。それに乗じた少女は、顔面に頭突きを繰り出してきた。鼻に激痛が走り、血が吹き出た。たまらず小澤は仰向けに倒れた。少女はその隙に体を起こし、滑走路へと逃げだした。

「待て！　止まれ！」

小澤は反射的に叫ぶ。単に逃走を阻止しようと欲したからではない。彼女へと押し寄せる運命が読み取れたからである。

滑走路の東端で爆音が轟いた。軍用機が高速で突っ込んで来た。先ほどの双発機が着陸しようとしているのだ。

便衣隊の娘は逃走に必死で意識がそちらには向かず、気づくのが一歩遅れた。振り向いた彼女を直径三・五メートルのプロペラが襲う。

着陸速度は時速一四〇キロ超だ。人体に耐えられる道理もなければ、女の足で逃げられる理屈もなかった。プロペラは相手の頭部を噛みちぎってしまい、娘は骸《むくろ》を漆黒の滑走路に曝《さら》した。

あまりにも凄惨すぎる光景に、小澤は再認識を強要されたのだった。

ここは戦地であり、最前線なのだと……。

東雲《しののめ》が近づくのを待たずして、東飛行場は蜂の巣をつついたような騒ぎになった。

間近で事件の一部始終を目撃した小澤は、現場で事情聴取に立ち会っていた。立場としては部外者に近いが、守備の甘さを指摘するのは義務だ。

「便衣隊の侵入を許すとは、なんたる不始末だ。警備隊は寝ていたのか！」

怒りは歩哨へと向けられたものではなかった。ままならぬ現実に対する鬱積が炸裂した結果だ。その理解者が歩み寄っていることに、小澤は気づかなかった。

「僕という獲物がいる以上、連合軍の魔手は長く伸びる。それだけの話だろう。あまり責めてやらないでくれよ」

振り返ると、そこには一代の巨人が姿を見せていた。山本五十六である。

「小澤くん、君は爆破工作を間近で見ていたそうだな。あらましを聞かせてくれないか」

連合艦隊司令長官の問いかけに、小澤は見聞きした事実を述べた。特に一式陸攻が炎上した点は念入りに説明し、危険性を訴えた。

「マレー沖では真価を発揮し、私も大いに救われた陸攻ですが、その神通力には陰りが見え隠れしておりますぞ。長官、あの陸攻は非常に燃えやすいことが、今日ここで実証されました。

アメリカの新聞に対戦した戦闘機パイロットの談話が掲載されていますが、連中は一式陸攻の脆さをこう揶揄《やゆ》しております」

「ああ、読んだよ。〝ワンショット・ライター〟だろう。僕が整備した陸攻隊をずいぶん悪し様に言ってくれるもんじゃないか」

たしかに三菱が送り出してきた一式陸上攻撃機の損耗率は上昇している。長大な航続距離を確保するため、巨大な翼内燃料タンクを装備したわけだが、防弾性能が犠牲となってしまった。

イギリス東洋艦隊の〈プリンス・オブ・ウェールズ〉と〈レパルス〉を屠った殊勲機さえ、技術革新が加速する戦時の波にもまれ、陳腐化の道を歩み始めていたのだった。

小澤は説得を続けた。

「長官、幸先が悪すぎます。いちどケチがついたからには、仕切り直したほうがよろしいかと」

「前線視察を諦めろと言いたいのだね」

「御意。便衣隊が襲撃してきたことでも明白なように、ここは最前線です。指揮官先頭は帝国海軍の伝統とはいえ、長官が雑兵に討ち取られるような可能性は排除すべきです」

燃える一式陸攻の消火作業がなお続く東飛行場において、山本はこう吐露するのだった。

「君の言うとおりだ。ここラバウルは死守すべき最前線である。だからこそ、防衛機能の強化が必須なのだ。僕が強引にも視察を望むのは、その実現性を探るためなのだよ」

山本GF長官は現状を正しく認識していた。

ごく近い将来、ラバウルは標的となる。連合軍の牙はこの基地に突き立てられるに違いない。

それが決定的となった直接の原因は、陸軍が実施した〝八一号作戦〟の失敗であった。

ガダルカナル島からの撤収が成功した昭和一八年初春の段階において、焦眉《しょうび》の急となった戦線は東部ニューギニアだった。

要衝ポートモレスビーの確保に失敗した日本は、ブナを足がかりにしてニューギニア戦線の維持を試みていた。その増援部隊を海上輸送せんと欲したのが八一号作戦である。

だが、その野望が打ち砕かれる海戦が三月三日に勃発した。いわゆるビスマルク海海戦だ。

連合軍は暗号解読と沿岸監視員《コーストガード》の尽力で、すでに日本軍の動きをつかんでおり、万全の迎撃態勢を調えていた。

なかでも双発の軽攻撃機A20〝ハボック〟が実施した反跳爆撃《スキップボミング》の効果は絶大で、輸送船団は甚大な損害をこうむったのである。

駆逐艦〈白雪〉〈朝潮《あさしお》〉〈荒潮《あらしお》〉〈時津風《ときつかぜ》〉が撃沈され、投入した輸送船七隻もすべてソロモン海の藻屑と消えた。

第五一師団の主力部隊七〇〇〇名のうち、半数以上が戦死。ここに作戦は完全に失敗した。

この戦いの指揮官を演じたダグラス・マッカーサー陸軍大将は、各種マスコミを通じ『完璧かつ完全なる完勝』を宣言し、自画自賛に勤しんだのである。

ブナという拠点を形骸化させる敗北に危機感を覚えた連合艦隊は、ミッドウェー作戦時と同様、山本長官に押し切られるかたちで〝い号作戦〟を実施したのであった……。

「ガダルカナルの敵空軍は、我が航空撃滅戦で戦力を損耗した。しばらくはニミッツもおとなしくしてくれるさ」

戦後の調査によれば、山本の発言は誤謬《ごびゅう》に満ちたものだったと判明しているが、この時点で戦果を疑う者は日本海軍では少数派だ。

小澤もまた例外ではない。第三艦隊司令長官は若干の疑念を抱きつつも、空爆の集中により一定の打撃を敵航空基地に与えたと判断していた。

「ですが、米軍の補給能力は我らの想像を超えております。〈金剛〉〈榛名《はるな》〉の二戦艦がガダルカナルの敵飛行場を砲撃しましたが、一週間で再戦力化を果たした事実をお忘れなく」

「たしかにね。されど一定期間、敵の動きを封じたのも本当だ。情けない現実だが、我が海軍の可能行動としては、それが最善なのだ」

「守備固めのために、でしょうか」

「いかにも。僕がブーゲンビル島を見舞うのは、多少なりとも兵の士気をあげ、時間を稼いでもらうためだ。ラバウルをシンガポールのような要塞にするには、最低でも半年は必要だろうし」

要塞！　耳慣れないその単語に小澤は緊張感を抱くのだった。

「ここを永久堡塁になさるお考えをお持ちとは。実現に向けて手を打っておられるのですか」

「陸軍第八方面軍司令官の今村均《いまむらひとし》中将とは話をしたよ。あの人は話のわかる御仁だね。まずは自給自足の体制を確立し、山肌を開墾して農地とするそうだ。海上補給路が途絶えても、飢えることがないようにな」

ずいぶん地道な補強案だとは思ったが、ガ島が飢島と化した悪夢を思い返せば、それがどれだけ妥当かつ現実的なアイディアであるかは、小澤にも理解できた。

「敵と戦う前に飢餓と戦うのは二度とごめんですからな。しかし、要塞を名乗る以上は火砲も充実させませんと。敵襲を実際に撃退できるのは火弾なのですから」

「攻守に使える飛行機の充実が第一だが、要塞砲と魚雷基地も欲しい。幸いにして航空戦艦に改造中の〈伊勢《いせ》〉と〈日向《ひゅうが》〉の主砲が遊んでいるね。あれを持ってくればかなりの戦力になるぞ」

「敵襲の折には陸軍に踏ん張ってもらわねば困りますが、ガダルカナルの戦局を検分するに、アメリカ軍は精強かつ狡猾《こうかつ》ですぞ。連中がラバウルを無視すればどうなります？　大兵力が遊兵化しかねません」

「孫子が記すところの『攻めて必ず取るは、守らざる所を攻めればなり』だね。ただ僕が思うに、マッカーサーは正面から来るはずだ。フィリピン奪還を金科玉条にしている将軍が、その進撃路に位置するラバウルを無視できるだろうか？

いや。後顧の憂いを絶つためにもラバウルを討ち、トラックに来るだろう。マッカーサーが対日反攻計画の首謀者となれば、その動きは読みやすい。裏面工作が必要な場面だね」

表情を歪《ゆが》める小澤だった。長年のつきあいだが、まだこの人物は胡乱《うろん》な一面を隠している。

「裏面工作ですか。日露戦争における明石元二郎《あかしもとじろう》大佐のような人物を、戦前から合衆国本土に潜入させておられたとか？」

「そこまでの先読みは求めないでくれよ。ただ、小手先の細工はできる。要するに太平洋艦隊司令本部、特にニミッツの発言力が小さくなればいいわけだ。彼が失敗をやらかせば、自己顕示欲の塊であるマッカーサーがしゃしゃり出てくる。そう思わないかな」

「長官！　まさか、そのためにご自身の身を危険に曝すお考えですか！」

「いかにも。暗号を解読していながら、連合艦隊司令長官の前線視察を阻止できなかった。これは黒星として勘定されるんじゃないか。

　専属占い師の水野くんによれば、今月の僕の運勢は最悪らしいが、まだ命数は続くとの卦《け》が出ているそうだよ。ここでチップを積み上げなければ駄目だ」

　綿密とは言い難い。逆張りというわけでもない。奇策と呼べるような代物でもない。

　しかし、博奕には踏ん切りをつけなければならない場面がある。いまがそうだ。

　小澤も追従せざるを得なかった。ここは山本五十六の博才にすべてを託さなければならぬ場面なのだ。

「もはや長官を説得する言葉は持ちあわせておりません。しかしながら用意させた二機の一式陸攻のうち、片方が燃えてしまいましたぞ。代替機の準備には時間がかかりましょう」

「平気だ。あれに乗ればいい」

　柔和な笑みを浮かべた山本は東飛行場の一角を指さした。着陸したばかりの新鋭機が給油作業に入っている。同時に、血塗れのプロペラの清掃も行われていた。

　それは、一五試双発陸上爆撃機だ。

　太平洋戦争中盤から終盤にかけて数々の武勲をあげ、連合軍から〝双発の堕天使《ツインエンジンルシファー》〟という渾名《あだな》を頂戴することになる陸上爆撃機〝銀河《ぎんが》〟のデビュー戦が、ここに始まろうとしていた。

2　英雄、ブ島上空に死せず

――一九四三年四月一八日早朝

オペレーション・ヴェンジェンス――復讐作戦と銘打たれた山本五十六暗殺計画は、野望と打算が複雑に絡みあった末に承認された軍事行動であり、当初から困難が予想されていた。

アメリカにとって強みとなるのは、日本海軍の暗号を高いレベルで解読できていたことだ。

新式呂暗号は道半ばだが、ＪＮ25やその改訂版と思われる旧式のものは、必要充分な精度で英訳が可能となっていた。

異変を察知したのは、暗号解読のエキスパートであるアルバ・Ｂ・ラスウェル海兵少佐だ。

四月一三日深夜、彼は電文解析中に、ある重大な一文を目にした。『機密第一三一七五五番電』と記されたそれには、連合艦隊司令長官の前線視察の詳細が、時刻表なみの緻密さで記されていた。

虚偽でなければ、早朝に一式陸攻《ベティ》でブーゲンビル島方面へ向かい、駆潜艇や大発動艇を駆使して島嶼《とうしょ》をまわるプランらしい。

タイミングをつかめば、洋上で撃墜できよう。

太平洋艦隊情報参謀のエドウィン・Ｔ・レイトン中佐はニミッツに強く進言した。

「アドミラル・ヤマモトは日本海軍の至宝であり、代替者はいません。殺害できたなら、ミッドウェー海戦を上回る衝撃をジャップに与えられましょう。すべての攻勢を一時的にキャンセルしてでも実行すべきです！」

報告を受けたニミッツに迷いはなかった。レイトンは信頼していたロシュフォート中佐の同僚であり、情報解析能力は及第点をつけられる。

またロシュフォートも独自のソースから、レイトン同様に山本暗殺の可能性を打診してきた経緯もあった。ニミッツとしては却下できない案件であり、職を賭す価値のあるギャンブルだった。

もちろん、強みばかりではない。弱みもあった。

迎撃ポイントはブーゲンビル島の南部である。着陸寸前に高度を下げたところを襲撃すれば撃墜できる公算が大きい。そのためには進軍路の設定が最重要課題となる。

直進が最善だが、それはできない相談だ。

ガダルカナル島を占領したとはいえ、ソロモン諸島にはレンドヴァ島やショートランド島など、まだ日本勢力下の拠点もあった。水上機の存在も確認されている。迎撃隊が発見されれば、山本機は逃走してしまうだろう。

よって、飛行は洋上を迂回せざるを得ない。

ガダルカナル島のヘンダーソン飛行場から片道約七〇〇キロ。海軍主力戦闘機のＦ４Ｆ〝ワイルドキャット〟は二〇〇〇キロを飛べるが、復路と空戦での燃料消費を考慮すれば、さすがに投入はためらわれた。

ロシュフォートの進言に従い、ニミッツは事前に陸軍へ話を通し、助勢を依頼していた。ここはロッキード社の新鋭双発単座戦闘機Ｐ38を刺客に使うしかない。

のちに〝双胴の悪魔〟と呼ばれる異形の機体は三〇〇〇キロを超える航続距離を誇っていたが、それでもギリギリの間合いだった。数分でもタイミングが狂えば、接敵は不可能となる。

だが大胆不敵にも、孔雀《ピーコック》は予定時刻に姿を現したのである。

*

一六機の殺し屋《キラーズ》が碧海の上を駆けていく。双胴のボディを水平尾翼で縫い合わせた奇抜なスタイルの陸軍機だ。

その名はP38F〝ライトニング〟――文字どおり電撃《ライトニング》を連想させる勢いで進軍する迎撃戦闘機の群れは、いままさに四回目の方向転換に入ろうとしていた。

犬歯を光らせた獰猛な猛獣の群れを率いるのは、第三三九戦闘機飛行隊長のジョン・ミッチェル陸軍中佐である。

コースターンを完了させると同時に、安堵感がまとめて押し寄せてきた。時計とコンパスだけを頼りにした長征《ロングマーチ》も最終局面である。

出撃は早朝五時二五分。飛行における大難関は高度であった。

ミッチェルは編隊全機に海上九メートルという超低空での進軍を厳命していたのだ。

燃費を考えればあり得ないが、日本軍が島嶼に対空レーダーを配備している可能性は否定できなかった。電波の目をすり抜けるには、洋上を這うしかない。

ヘンダーソン飛行場を離陸して一二〇分もの間、その高度を維持していたものの、肉体と精神に押し寄せる負担は尋常ではなかった。

天気晴朗で、雲間に敵影を見失う公算こそ小さかった。しかし、その代償として熱波が尋常でないレベルで押し寄せていた。

P38は、もともと高高度での運用を想定された機体であり、冷房はついていない。

コクピットの温度は三八度。これで集中力を保てる人間は、ごく少数だろう。せめて無線が使えれば孤独感も紛れようが、機密保持のために封鎖を余儀なくされていた。

復讐作戦《オペレーション・ヴェンジェンス》に参加したP38の攻撃編隊は、四グループで構成されている。

各隊は四機ずつ。うち襲撃隊は一隊のみ。残る一二機は支援にまわる手筈であった。

寡兵な感もあるが、今回は奇襲が肝だ。

P38が得意とする一撃離脱戦法で日本輸送機をなで切りにし、全速で退避する。支援隊は索敵と後方支援に専念し、襲撃隊が討ち洩らした場合にのみ第二波として突っ込む。ミッチェルは事前にそう段取りを調えていたのである。

高度六〇〇〇メートルまで上昇したとき、前方に島影が見えてきた。ブーゲンビル島であってくれと祈るミッチェルの耳に、ノイズ混じりの報告がなだれ込んできた。

『隊長！　一一時方向《イレブン・オクロック》に敵機《ボギー》発見！』

二番機のダグラス・S・カニング中尉だ。瞬時にしてミッチェルは、それが見間違えなどではないと悟るのだった。

無線封鎖を破ってよいのは標的を発見したときだけと厳命している。そして、カニングは部下のなかでもっとも沈着冷静な男だ。よほどの自信がなければ命令を無視したりしない。

ミッチェルは前方左手の上空を見上げ、歓声をあげるのだった。

「ダグの言ったとおりだ。いたぞ！　ヤマモトの編隊だ！」

興奮を押し鎮めながら、ミッチェルは敵情を見定めた。ゼロ・ファイターが六機、そして、双発の爆撃機が二機だ。

唐突に違和感が頭蓋を駆け抜けた。暗号解読を信じるならば大型機は一機だけのはず。どちらにヤマモトは乗っている？

護衛戦闘機の数は的中していただけに、無気味な感触がミッチェルを襲う。彼は不安をかき消すために叫んだ。

「ランファイア！　ジャップはターゲットを多めに用意してくれたぞ。すべて撃ち落として憂いを絶て。アタック・オン！」

この双発戦闘機はパイロットの前方にエンジンがないため、コクピットは静かだ。無線での会話にも支障はなかった。

『イエス・サー！　ヤマモトの心臓を強制停止させるのは俺だ！』

飛び込んできたのはトーマス・G・ランファイアの怒鳴り声だった。自意識過剰な面もあるが、戦闘機乗りとしては一流の腕を持つ陸軍大尉だ。

ランファイアの襲撃隊四機は追加増槽を一斉に棄てると、上昇角三五度で弧を描きつつ敵機へと接近していく。

銃撃のベストポジションを占位する気だ。

P38Fにはアリソン V1710‐49／53型液冷発動機が装備されている。二基の離昇出力は一二二五馬力だ。当然ながら急上昇にも強い。

ミッチェルの支援隊は日本編隊と併走するようにして、高度五〇〇〇まで上昇した。高みの見物ではない。ランファイア隊の突撃がどう転ぼうと、次の手が打てる場所で待機するのだ。

日本編隊の高度は一四〇〇メートル内外。その上方に護衛戦闘機が位置していた。

ランファイア隊が旋回を終えた時点でも六機のゼロ・ファイターに動きはない。奇襲は完全かつ

完璧に成功したのだ

　P38は量産のE型以降は機銃が強化されていた。二〇ミリ一挺と一二・七ミリが四挺である。

　これらをすべて機首に集約したため、破壊力と命中精度はずば抜けていた。

　そして、ランファイア隊は結果を残した。機銃弾の煌《きら》めきは日本の寸胴な機体を貫いたのだ。標的とされたのは一式陸攻《ベティ》だ。可燃性が強いという前評判どおり、左エンジンから業火と黒煙が吹き上がるや、揚力は秒単位で失われていく。

　上空から見るかぎり、二番機を操るレックス・T・バーバー中尉の戦果らしいが、確実なところはわからない。

　さすがのミッチェルも興奮して叫ぶ。

「グッドショットだ！　ランファイア！　あれにヤマモトが乗っていれば仕事は終わりだが、もう一機も頼むぞ！」

　勝利を確信したミッチェルであったが、次の瞬間、唐突に冷や水を浴びせられることになる。

　残るターゲットが退避運動に入っていた。それ自体は当たり前だが、速度が異様なのだ。

　一式陸攻《ベティ》の最大速度は時速四三七キロだ。その数字はアメリカも把握していた。しかし、新手の機体は想定外の速度で脱出に入っている。速い。時速五〇〇キロを軽く超えていよう。

　サイズとしては一式陸攻《ベティ》より一回りは小型で、零戦《ジーク》よりは大きい。双発だが双胴ではない。

　似た機体を探すならば、ドイツ空軍《ルフトヴァッフェ》の中型双発爆撃機ユンカースJu88だろうが、ナチの軍用機が南太平洋を飛んでいる理屈はない。爆撃機にしてはスマートすぎる。あるいは夜間戦闘機ではあるまいか？

ミッチェルは、そこで推測と想像を打ち切った。日本軍戦闘機がやっと事態を悟ったらしく、増槽を落とし急降下の態勢に入ったのだ。

「支援隊全機へ。これより戦闘に参入する。第三、第四グループはゼロ・ファイターを追い払え。俺の隊はランファイアと合流し、逃げた双発機を追うぞ！」

この時点でミッチェルに不安はなかった。

P38は高度にも左右されるが、最高時速六六七キロで飛べる。あの図体から判断して、常識外の加速はできまい。よくて零戦《ジーク》と同等だろう。

支援隊の八機が零戦に殴りかかっていく。こちらが八機で、相手は六機。おまけに高みという地の利を占めている。一撃離脱という得意技を披露した部下たちは、たちまち一機を撃ち落とした。

ただし、有利な状況はそこまでだ。

戦場は高度一二〇〇メートル内外である。こんな低空では、P38の真価は発揮できない。巴戦《ともえ》で零戦に敵わないのは、すでに実証されていた。

戦闘機同士の激突は、すぐに乱戦となった。その隙を活用し、ミッチェルは編隊の速度をあげ、双発機に追いすがる。

スマートな銀翼は高度を稼ぎつつ、北西へ退避しようとしていた。逃げ込む雲海を探す気だ。

あいにくと碧空には、ちぎれ雲ひとつない。それを把握したのか、今度は急降下の態勢に入った。

そうはさせるか。ミッチェルは操縦桿を倒し、フットバーを蹴飛ばした。P38は急上昇と急降下をリピートするヨーヨー戦術が得意中の得意だ。まず逃げ切れる相手などいない。

だが、日本の双発機も必死だった。降下速度はかなりのものだ。あるいは急降下爆撃さえ可能なマシンなのか?

そう訝《いぶか》しく思うミッチェルだが、間合いが詰まるにつれ、殺戮《さつりく》の自信がみなぎってきた。複雑なことは考えずとも、一切合切を無に帰せば、それで問題はすべて解決するではないか。

視野のなかで敵機の影が拡大されていく。あとはタイミングを見極め、発射ボタンを押すのみ。この瞬間、日米戦争の命運はミッチェルの指先に懸かっていた。

だが、運命と空戦の有利不利は常に流転《るてん》する。獲物を狩るハンターとしての本能がむき出しになった刹那《せつな》、勝ち組たることを夢見た意識が油断を招いた。

空戦は一瞬ですべてが決まる。それを忘却したツケはあまりにも大きかった。

三座と思しき敵機の尾部から一筋の火箭《かせん》が飛びだしてきた。それが眼前で破裂するや、ミッチェルは野獣のような咆哮をあげるのだった。

「目をやられた! 目が見えない!」

自分の顔が焼ける匂いがコクピットに充満していく。視力を喪失した悲劇を嘆く暇などなかった。

ミッチェル中佐は、すぐに命をも喪失したのである……。

*

自らの指で直接、敵兵を殺すという感触に愉悦を感じる者などいようはずもない。

人生を達観できる地位に達している山本五十六でさえ、迫り来るP38に九二式七・七ミリ機銃弾を叩き込んだ瞬間は、嘔吐の誘惑をこらえるのに必死であった。

機載機銃としては貧弱であり、破壊力にも乏しいが、人体ならば確実に殺傷可能だ。電信席にてそれを乱射した山本の一撃は、ミッチェル中佐の肉体を射貫いたのである。

主人を失ったP38は制御不能となり、不意に左へと旋回した。

彼らにとって不運だったのは、密集編隊を組んでいた二番機がその空間を占めていたことである。当然ながら回避の余裕はなかった。

ミッチェル機と二番機は空中衝突し、ともに翼をもがれ、絡み合うように墜落していった。

『長官、敵二機撃墜！　やりましたね！』

そう叫んだのは機長の高岡迪《たかおかすすむ》大尉だ。

三一歳の超ベテラン搭乗員である。戦前は空母〈飛龍《ひりゅう》〉〈蒼龍《そうりゅう》〉で分隊長を務め、現在は海軍航空技術廠《しょう》でテストパイロットを務めていた。

操縦桿を握る一五試双発陸上爆撃機の処女飛行を成功させ、それ以後、ずっと面倒を見てきた間柄である。山本を乗せるにあたり、高岡以上の適任者はいなかった。

『連合艦隊司令長官に介錯されるとは、敵のパイロットも本望でしょうな』

機長の高岡の声は、切り替え式の伝声管から聞こえてきた。いちおう電気式のマイクとイヤホーンも用意されていたが、昔ながらの伝声管のほうが確実だ。

「いまのは神仏の御加護だが、それも長くは続かないぞ。復讐鬼が来る前に逃げろ！」

電信席は真後ろを向いており、山本には戦況が手に取るようにわかった。

追いすがるP38は二機。その背後から二番機の一式陸攻を撃墜した四機が迫ってくる。

零戦をも超える速度を確保した一五試双発陸爆

だが、高高度でも時速は五七〇キロに届かない。六〇〇キロを超えるP38から逃げ切るのは至難の業だ。

この機に自衛用の火器は七・七ミリ機銃だけ。量産型では二〇ミリ機関砲の設置も検討されていたが、試作機には余剰品しかあてがわれていなかった。機首にもう一挺あるが、後ろから迫る敵機に向けられるはずもない。

味方の支援を頼みたい場面だが、六機の護衛戦闘機は別働隊との乱戦に巻き込まれている。

加勢を頼める状況ではない。〝メザシ〟と渾名された双胴の悪魔は、指呼《しこ》の間に迫ってくる。

そのときだった。山本は目撃した。

北西の方角から濃緑の機体が突入してきたのである。

真一文字に戦場へと切り込んできたのは天才技師堀越二郎《ほりこしじろう》が図面を引いた日本海軍を代表する艦上戦闘機だ。

突入のタイミングとしては最高であった。高空からの逆落としが奏効し、敵機二機が火だるまとなって落ちていった。P38のお株を奪う鮮やかな一撃だった。

『零戦だ！　どこの航空隊だろう？』

高岡の疑念に、山本は観察結果をそのまま述べるのだった。

「第三艦隊所属機だ。そうか、小澤くんか。帰還したら譴責《けんせき》してやらなければな」

＊

『……山本五十六が切望した連合艦隊首脳による前線視察だが、後世の歴史家たちの間でも評価は二分している。

早朝の破壊工作を無視して強行され、結果的に大損害をこうむった悪手だと断罪する声も大きい。

参謀長宇垣纏《うがきまとめ》少将を筆頭に、艦隊主計長北村《きたむら》元治《もとはる》少将、軍医長高田六郎《たかたろくろう》少将、通信参謀今中《いまなか》薫《かおる》中佐などを失い、連合艦隊司令部は半壊に等しいダメージを受けた。

それは動かし難い事実だが、同時に小さな勝利も得ていた。山本五十六大将が生還し、対米作戦の骨子が一新されたのだ。

特に暗号が解読されていた現実とは直面せざるを得ず、すべてにおいて守秘技術の向上が課題となった。開戦時の奇跡的な機密保持の成功例から〝真珠湾を忘れるな〟が合言葉となった。

また攻勢一辺倒の方針を大転換し、防御重視と後の先を取ることが最重視された。爾後《じご》の太平洋戦争の行方を見れば、それが把握できよう。


ともあれ、昭和一八年春以降の状況を一変させたのは山本長官の生還であり、彼の命を助けた機体こそ、一五試双発陸上爆撃機だった。

後世において〝銀河〟と呼称される運命の新鋭爆撃機だ。定番の水平爆撃のみならず、魚雷を抱いての雷撃や急降下爆撃まで十全にこなす万能機である。

量産化も正式配備もまだだが、試作機は去年六月から一三機も完成しており、この日ラバウルに到着したのはその最終型だった。

一五試双発陸爆の南方派遣を強く主張したのは、海軍航空本部嘱託の占い師だったらしい。

水野義人である。あらゆる人脈と手管を使い、一五試双発陸爆のラバウル派遣を実現させたのは彼独特の端倪《たんげい》の結果らしいが、真実はすべて藪の中である。

名目上は洋上飛行と連絡任務を兼ねたテストフライトとされていた。横須賀を出発し、グアム島に着陸して点検と給油を終えたのち、一気にラバウルまで飛んで来たのだ。

一五試双発陸爆は胴体内爆弾倉に追加の増槽を装備可能であり、最大で航続距離は五三七〇キロにもなる。自動操縦装置も備えており、その気になれば日本本土からラバウルまでの直行便としても投入できよう。

便衣隊《ゲリラ》の少女を滑走路で轢殺《れきさつ》するというアクシデントに見舞われつつも、一五試双発陸爆一三号機は、どうにかラバウルに到着した。

しかし、翼を休める余裕は与えられなかった。長官専用の一式陸攻が爆破されたため、急遽、代役を命ぜられたのである。

ここで問題が生じた。一式陸攻は定員七名で、輸送機として使う場合には、さらに四人から五人が座席に座れる。双発機とは思えぬほど太い機体ならではの特技であった。

しかし、一五試双発陸爆は極端に細い胴体が特徴である。操縦席の幅は約一二〇センチ。これは戦闘機のそれと大差ない。翼の面積も奇妙なまでに小さく、一式陸攻の七割しかない。それは翼の左右幅の比率を常識外に大きくした結果だ。

とてもではないが、お客を乗せるゆとりはない。機首から順番に偵察員、操縦士、電信員の三人で定員なのだ。

そこで、山本五十六は自ら電信員の役目を買って出たのである。

操縦はできないし、見張りもプロでなければ不安だが、電信機ならいちおう使えるし、そもそも無線封鎖が原則である以上、やることもなかろう。

また幸運にも、この試作一三号機には電信席の後方に連絡機としての積載スペースが確保されており、スリムな男であればなんとか乗機が可能であった。そこには航空甲参謀の樋端久利雄《といばなくりお》中佐が押し込められ、一五試双発陸爆は予定時刻に発進したのである。

その顛末《てんまつ》は、よく知られているとおりだ。

一式陸攻は撃墜されたものの、一五試双発陸爆は新手の零戦隊の支援にも助けられ、難局を切り抜けた。そして山本五十六は大胆不敵にも、予定どおり着陸に挑んだのである……』

雑誌《旭　昭和三八年新春特大号》
巻頭特集「紺碧の空からの生還」より抜粋

*

ブーゲンビル島南方の制空権は、一時的にではあるが、日本の手元に転がり込んだ。い号作戦を生き残った第三艦隊所属の零戦二七機が乱入し、ミッチェル隊の残党を駆逐したのである。

その出撃を指示したのは小澤治三郎中将だった。滑走路における破壊工作を目撃した彼は、危機感を刺激されたのか、あえて独断で発進を命じたのであった。

結果論だが、小澤の一手は戦況を逆転させた。事ここに至りては、山本も苦笑いしつつ事後承諾するしかなかった。

やがて安全が確保されたことを示す連絡が、電信員の役目を果たす山本の耳に流れてきた。

『こちらバラレ島飛行場。敵機は撃退完了。滑走路は無傷。着陸に支障を認めず』

すぐに高岡大尉へ着陸を命じたが、機長の返事は渋いものであった。

『長官、ここはまだ危険です。いったんラバウルまで引きましょう！』

「そんな無粋な真似ができるものか。尻尾を巻いて逃げ帰ったのでは、帝国海軍の名折れ。あくまでも視察任務は完遂するぞ。それに送り狼が怖い。いまは一秒でも早く着陸し、僕の安全を確保してくれたまえ」

一五試双発陸爆は緩降下しつつ旋回し、バラレ島を目指す。ブーゲンビル島とショートランド島の間に浮かぶ小さな島だ。昨年末の段階で滑走路が完成しており、貴重すぎる前線基地として稼働を開始していた。

さすがに高岡の操縦は板についていた。また、一五試双発陸爆の癖を知り尽くしているため、降下は非常にスムーズだった。

この機体の一平方メートルあたりの翼面荷重は一九一キロと大きく、扱いは困難を極めるマシンだったが、一発で着陸を決めたのは見事と言うしかない。

すぐさま飛行場を守備する第八八警備隊バラレ島派遣隊の風間真之介《かざましんのすけ》海軍中尉が姿を見せた。

「長官！　よくぞご無事で……」

半泣きになりながら出迎えた風間中尉に、山本は舌鋒《ぜっぽう》鋭く問いかけた。

「二号機は？　宇垣くんたちは降りたか!?」

「いいえ。着陸したのは長官の機だけです。一式陸攻は現在も、なお行方不明です……」

捜索隊の編成を山本が命じた直後、金属を叩く音が一五試双発陸爆の側面から響いた。操縦士の高岡大尉が大声で叫ぶ。

「整備兵！　スパナを持ってきてくれ！　大至急、このハッチを開けるんだ！」

駆け寄って来た水兵たちが左翼側の固定ハッチを見つけるや、力任せにボルトをまわした。後付けした貨物庫の扉だ。もちろん窓やドアなどない。外板を強引に固定しているだけだ。

それが外されると、中から転がり落ちるように姿を見せたのは航空甲参謀の樋端中尉だった。

「暗くて狭くて怖かったぞ。外の状況がまるっきりわからん。ここはどこだ？　戦況はどうなっている!?」

風間中尉が手短に事相を説明した。樋端は一式陸攻喪失に愕然としたが、すぐさま厳しい表情を取り戻すと、こう尋ねた。

「敵機の種類は？　空母艦載機か？」

「違う。P38だったらしい。地上基地から発進してきた陸軍の戦闘機だ」

風間からその証言を引き出すと、樋端は山本を目で探し、早口でこう進言した。

「長官、我々は待ち伏せを食らった事実を認めなければなりません。基地を発進してきた敵戦闘機が、偶然にも我らの編隊と出くわすなど、確率から考えても滅多にないでしょう。もはや暗号は解読されたと考えるほうが無難かと」

真実を突いた進言に、山本も首を横には振らなかった。

「悔しいが、その推理は当たっているだろうね。すぐに、もうひとつ確証が得られるはずだ。風間中尉、ここに防空壕はあるかね？」

「粗末なものですが構築を終えています」

「では、そこに避難しよう。そして、駆潜艇は予定どおり出港させるのだ」

時刻表では山本一行はバラレ着後、すぐ駆潜艇でショートランド島へ移動する手筈になっていた。

連合軍が無電内容を把握しているならば、第二波空襲の矛先が向けられるのは、バラレではないだろう……。

＊

山本五十六の想像は現実となった。

午前八時一〇分。定刻にバラレを出発した駆潜艇は飛来した戦爆連合に捕捉され、その餌食となってしまったのだ。

敵の次鋒はP38ではなかった。戦闘機F4F－4〝ワイルドキャット〟が一二機、爆撃機SBD－3〝ドーントレス〟が一八機、そして新鋭雷撃機TBF－1〝アヴェンジャー〟が一五機という大編隊であった。

つまり艦載機である。連合軍は空母を進出させているのだ。今回の作戦にどれだけ注力しているかの証拠であろう。

機動部隊へ振り向けても違和感のない大編隊が小舟のような駆潜艇を襲った。

それは第一三号型と呼ばれるタイプの一隻だ。全長五一メートル、排水量わずかに四三八トン。速度も一六ノットしか出ない。逃走も回避も、最初から無理だった。

山本機を救った第三艦隊の零戦隊が一〇機ほど上空に居残っており、激烈なる空中戦が展開されたが、ワイルドキャット戦闘機とのつばぜり合いに巻き込まれ、雷爆撃機にまで手がまわらない。

駆潜艇は健気《けなげ》にも四〇口径八センチ単装高角砲と一三ミリ連装機銃で応戦したが、命中弾は得られず、逆に五〇〇キロ爆弾三発と魚雷二本を受け、空襲開始後わずか七分で沈没した。

六八名の乗員のうち、三分の二がフネと運命をともにした。生存者はすぐに脱出したが、米軍機は海面に漂う彼らに向かい、念入りに機銃掃射を加えたのである。

　山本五十六大将が乗船していると確信していたがゆえの戦闘行動であった。

3　レディ・サラの最期

——同日、午前八時三〇分

「特務攻撃隊《イレギュラーアタッカーズ》より至急電！　バラレ島付近の指定海域で駆潜艇《サブマリンチェイサー》を捕捉。撃沈に成功。生存者は皆無のもよう！」

　その入電がCV-3〈サラトガ〉にもたらされるや、ブリッジは歓喜の渦に包まれた。

「素晴らしいニュースだ。ヤマモトは死んだぞ。我らは真珠湾《パール》の復讐を完遂したのだ！」

　叫んだのは、第三五任務部隊を直接指揮するウイリアム・F・ハルゼー海軍大将その人であった。彼はニミッツからの命令を完遂できたと有頂天になっていたのである。

「マフィアの親玉《ボス》を殺したも同然だ。これでジャップの人的資源は枯渇するだろう。トーキョーを終着駅とする鉄道の建設は、今日ここから始まるのだ！」

　声高に叫ぶのは暗殺という卑怯なやり口を採用した罪悪感を糊塗《こと》するためだ。もともと戦争とは非道であり鬼道だが、ハルゼーは恥という概念を捨て去ってはいなかったのである。

「ヌーメアに帰還すると同時に記者会見をやる。艦長、マスコミに集合するよう連絡しておけ」

「コングラチュレーション・サー。しかし、水をさすわけではありませんが、公式発表は日本軍が戦死を認めてからでもよろしいのでは?」

そう言ったのは艦長のヘンリー・M・ムリニックス大佐であった。

就任後まだ一ヶ月も経過していない新米だが、水上機母艦〈アルベマール〉艦長を経験しており、空母という兵器にもいちおうの理解のある軍人であった。

「もしも誤報であれば海軍のみならず、アメリカそのものの恥になってしまいますぞ」

ムリニックスの常識論に、ハルゼーは非常識な対応をするのだった。

「興を削ぐような真似ができるものか。いいか、この戦果は天啓に基づくものだぞ。我らのたゆまぬ努力と飽くなき探究心が結束し、野蛮人の大将を討った。これはさっさと世間に広めてこそ、価値が出るというものさ」


もちろん、ハルゼーにも理解できていた。ヤマモト密殺成功を公表すれば、電文が解読できた事実を日本側に教えることになりかねない。これを機に暗号を変えられては厄介だ。あくまで偶然を装わなければなるまい。

しかし、マスコミへの内示はできる。記事だけ作成させておいて、タイミングを見計らって公開許可を出すのだ。

「のんびりしているとマッカーサーに先を越されてしまうぞ。こうしたものは言ったもん勝ちだからな。それにしても、予備戦力として〈サラトガ〉を出撃させて正解だったぜ」

ムリニックス艦長が頷いて言う。

「陸軍のP38戦闘機隊が討ち洩らすとは予想外でした。敵編隊に新型機がいたという入電があったようですが、本当でしょうか」

「知るかよ。肝心なのはヤマモトがスケジュールどおりに動いたという事実だ。出港した駆潜艇にあいつが乗っていれば、確実に殺害できている。できれば〝ビッグE〟も連れてきたかった。空母が二隻いれば、バラレ島も灰にしてやれたのに」

ハルゼーが言ったビッグEとは当然、CV‐6〈エンタープライズ〉のことである。

当時、太平洋艦隊が運用していた大型正規空母は二隻のみ。〈サラトガ〉と〈エンタープライズ〉だ。無理をすれば、両艦とも今回の復讐作戦に投入可能だったが、〈エンタープライズ〉は本土帰還と近代化工事が決定していたのである。

昨年、長期間ドック入りしていた〈サラトガ〉に代わり、ソロモン戦線における唯一の米空母として活躍した殊勲艦だ。労をねぎらうためにも、帰国中止命令は出せなかった。

また、期待の新鋭空母CV‐9〈エセックス〉が真珠湾へ回航中であったが、就役して四ヶ月しか経過しておらず、乗組員は未熟だった。実戦投入は敵に餌をくれてやるようなものだろう。

ただ、単艦の空母は身軽だ。出撃が間に合ったのは〈サラトガ〉一隻だったためでもある。

艦隊そのものも大戦力ではない。〈サラトガ〉を旗艦とする第三五任務部隊は急遽、編成されたため規模は小さかった。護衛に従事しているのは軽巡〈ホノルル〉〈ヘレナ〉〈セントルイス〉、および駆逐艦七隻のみだ。

かき集めた航空隊も六九機と、あまり潤沢とは言えなかった。

ハルゼーは艦隊をガダルカナル島の真西三〇〇キロの海域に展開させていた。南緯一〇度、東経一五七度。バラレ島までは三五〇キロである。

この配置は計算づくであった。仮に発見され、ラバウルから攻撃隊が発進したとしても、間合いは九〇〇キロ近い。日本機の足の長さをもってしても出撃は困難であろうし、敵機が来るまでに安全圏に逃げ込むこともできる。

嬉しいことに、空模様は小雨まじりの曇天だ。これなら空襲は、まずあり得まい。

生還への手は打っていたが、ハルゼーには一抹の不安があった。ニミッツから内示を得ていたとはいえ、空母を動かしたのは独断だ。ここは無傷で〈サラトガ〉を持ち帰らなければならない。

勝ち試合だ。ゲームを上手にクローズせねば。

「艦長、本艦は攻撃隊の収容を断念する。攻撃隊はガダルカナル島のヘンダーソン飛行場に向かわせろ。針路南南東へ。艦隊速力三一ノットだ」

「了解。ただし、上空警戒のＦ４Ｆが着艦許可を求めています。ローテーションの時間です。交代が完了しだい、回頭を開始します」

ムリニックス艦長がそう応じ、フネを直進コースに乗せた直後であった。

突如として基準排水量三万六〇〇〇トンの大型空母に激震が走った。鼓膜が破れんばかりの爆音が遅れてやって来た。ハルゼーは床に投げ出され、腰を強打した。

「こいつは魚雷だぞ。被害報告を急ぎたまえ」

冷静な艦長の声に、すぐさま秩序は回復された。二〇秒としないうちに通達が舞い込む。

『左舷艦首と中央に被雷！　艦載機格納庫に浸水と火災発生！』

起き上がりながらハルゼーが呻《うめ》く。

「ジャップの潜水艦《サブ》か！　畜生めが。このレディ・サラは魔女の婆さんに呪われてるのかよ！」

その指摘は、真実そのものであった。

CV-3〈サラトガ〉は過去に二度も日本軍潜水艦の雷撃を受け、長期間のリタイアを余儀なくされていたのだ。

開戦劈頭の一九四二年一月一二日に〈伊六潜〉に狙い撃たれ、修理に五ヶ月を要した。その傷がようやく癒え、戦線復帰を果たした直後、今度は八月末日に〈伊二六潜〉に痛打を食らった。修理は年末までかかり、ほとんどの海戦に参加できなかった。

そして因果はめぐる。

この日この時、〈サラトガ〉を狙い撃ったのはまたしても〈伊六潜〉であった。

偶然ではない。すべては山本五十六大将の策略であった。GF長官は、自らの暗殺にアメリカは空母を出してくると判断し、その布陣位置までも予測していたのだった。

出てくるとすれば、ガダルカナルの西だ。万一の際にはオーストラリア方面に脱出が可能だし、地上基地との連携も容易である。

またラバウル航空隊が稼働中である以上、基地から一〇〇〇キロ以内には接近しないだろう。

諸々の条件から判断し、ガダルカナル島の西方海域に伊号潜水艦を四隻も展開させていた。その中央部を受け持つ〈伊六潜〉は、航空機収容中の〈サラトガ〉を発見するや、すぐさま雷撃戦を展開したのである。

空も海も荒れ模様であり、接近は容易だった。第三五任務部隊に駆逐艦は七隻しかおらず、対潜警戒は手薄だった。

雷撃距離は三〇〇〇メートルだ。しかも〈サラトガ〉は艦載機収容のためか、ひたすら直進している。そして〈伊六潜〉の乗組員の練度は高い。条件はすべて整っていた。

　発射魚雷四本のうち、半数が命中した。

　標的とされた〈サラトガ〉の母体は巡洋戦艦である。水中防御にも注力されていたが、基本設計は二〇年以上前であり、現代戦に対応することは難しい。

　舷側の装甲は、ＴＮＴ火薬二〇〇キロ程度の爆発に耐えられるよう設計されていたが、柔らかい下腹部を直撃したのは九五式魚雷一型であった。

　潜水艦用に開発された酸素魚雷だ。四九ノットで九〇〇〇メートルを走り、弾頭部の炸薬は実に四〇〇キロ。水中防御の許容範囲をはるかに超える破壊力であった。


　被雷後二時間が経過し、時刻は正午を過ぎた。

　システマティックなダメージ・コントロールが成功し、浸水は食い止められたが、火災は一部で延焼が続いていた。

　左舷に傾斜したブリッジで頑張るハルゼーに、ムリニックス艦長が深刻な表情で語った。

「司令、本職は〈サラトガ〉の保全に全力を尽くしたいと思いますが、旗艦としての役割を果たすのは困難になりつつあります。この際、将旗を軽巡に移してはいかがでしょう」

「俺がいると邪魔というわけかい」

「そこまで明瞭に真実を口にする度胸はありませんが、最悪も考えて動きませんと」

「珊瑚海における〝レディ・レックス〟の二の舞となる公算も大きいか」

　高い舷側や巨大な煙突を見ればわかるように、

レキシントン型はトップヘビー気味だ。これは復元力が小さい事実を意味している。

戦前に〈サラトガ〉艦長を経験していたハルゼーには、それが理解できていた。転覆の危険性も無視できないのだ。

駆逐艦隊は爆雷攻撃を盛んに繰り返していた。日本潜水艦は逃走したのか、姿は消えている。

「仕方ない。いったん司令部を移す。波は落ち着いているな。では、舫《もや》い網を準備しろ。駆逐艦を横付けしてデバーケーションネットをかけるんだ。あれで乗艦するのがいちばん早いからな」

元来、ハルゼーは駆逐艦乗りであり、そうした形での移動にも慣れてはいた。

だが、あらゆる要素がカオスとなって流入する戦場で、彼の行動はあまりに無謀であった。

脱出に選ばれた駆逐艦はＤＤ - ４５０〈オバノン〉だった。フレッチャー型の新鋭が順調に距離を詰め、〈サラトガ〉の右舷へとまわり込む。

ネット状の網が準備されるや、ハルゼーと艦隊首脳陣は、それにしがみつく形で移動を始めた。

それが彼らの命取りとなった。海中からは別の刺客が忍び寄っていたのである。

ほぼ無航跡の酸素魚雷が〈オバノン〉の右舷を襲った。

基準排水量二〇〇〇トンと駆逐艦にしては大型だが、戦艦でも仕留められる破壊力が押し寄せたのだ。耐えきれるはずもなかった。船体は一刀両断にされ、〈サラトガ〉に叩きつけられた。

悲惨なのはハルゼーであった。彼の肉体は空母と駆逐艦によって押し潰され、偉大な空母乗りは、ここに六一歳の生涯を閉じたのである。

死亡報告書には、提督の遺骸は『まるでピザのようだった』と記されていた……。

ハルゼーを轢死《れきし》に追いやったのは〈伊二六潜〉であった。〈伊六潜〉同様、かつて〈サラトガ〉を瀕死に追いやった潜水艦は、今度こそと勇んで攻撃したものの、結果的には駆逐艦一隻を屠っただけに終わった。

だが、その一撃はハルゼーという太平洋艦隊の柱石を砕いていた。結果的ながら、〈伊二六潜〉は空母以上に価値のある戦果を得ていたのだ。

第三五任務部隊の惨劇は、それだけに終わらなかった。悲嘆にくれたまま一九ノットで東進する〈サラトガ〉に引導を渡す衝撃が走ったのは、午後三時五二分のことであった。

またしても左舷だ。命中魚雷は三本。片舷に計五本もの酸素魚雷を食らい、まだ浮力を維持できるフネなど、地球の海には存在しない。

空母〈サラトガ〉は全艦が炎上し、艦長のムリニックス大佐も脱出に失敗。フネと運命をともにした。

〝レディ・サラ〟は、姉である〈レキシントン〉と同様、南溟の海へと沈んでいく――。

その下手人は〈伊一七五潜〉であった。潜水艦長宇野亀雄《うのかめお》少佐は、やはり山本五十六直々の命を受け、ガダルカナル島西方で網を張っていたが、ヨタヨタと逃走してきた〈サラトガ〉を発見し、引導を渡したのだ。

日本版の群狼戦術《ウルフパック》とでもいうべき潜水艦集中運用は、ここにその萌芽を迎えたのである。

第3章
将軍と提督の決断

1　ビッグマック・メッセージ
——一九四三年五月一五日

《親愛なるルーズベルト大統領閣下！

私こと、ダグラス・マッカーサーは戦友と呼ぶに相応しいウィリアム・F・ハルゼー提督の訃報に接し、謹んで哀悼の意を表します。

本来ならばホワイトハウスへと出向き、離愁の思いを直接伝えたいところですが、現在の戦況はそれを許してくれそうにありません。

よって今回は書簡《メッセージ》という形で私見を述べさせていただければと思います。

太平洋艦隊のみならず、合衆国にとってもかけがえのない海軍軍人であるハルゼーが戦死した理由はひとつ。無理筋な復讐作戦《オペレーションヴェンジェンス》（なんという傲慢《ごうまん》きわまりない命名でありましょうか！）を強行した結果であります。

失敗の分析と総括は私の職責ではありません。

ひとつ確実なのは、いまこの瞬間もアドミラル・ヤマモトは生存しており、日本海軍の指揮を執り続けていることでありましょう。

暗殺という姑息な手段を採用した海軍上層部に神が懲罰を与えたとする意見もありますが、私はその説を否定いたします。

復讐作戦は、最終的に大統領閣下も承認されたプロジェクトです。神に祝福された合衆国の指導者がサインした計画を、天がバックアップしない理由がありません。

不首尾に終わった原因を求めるとするならば、悪魔的な日本人の企みでありましょう。

被害は甚大でありました。ハルゼー提督のみならず、空母〈サラトガ〉と駆逐艦〈オバノン〉を失った現実を、単なる不幸な偶然であったと片づけることなど、私にはとうていできません。

我々は反対に罠にかけられたのではないでしょうか。すべてはジャップの奸計《かんけい》だったのでは？

それを笑殺できる材料は、どこにもありません。ならば、最悪を考えて動くべきでしょう。

今後も対日戦争は遂行されなければならず、攻勢は継続されなければなりません。そのためには、失策で凋落した士気の回復が必須です。

最前線で戦う兵士の戦意をかきたてるもっとも有効な手段は、偉大な目標を与えることです。

首都占領が終着駅ではありますが、トーキョーはあまりに遠すぎます。いまは中間目標の設定が大切な場面でありましょう。

そうです。フィリピンです。

占領した日本軍が悪逆の限りを尽くす同盟国は、速やかに解放されなければなりません。フィリピンを奪回すれば、敵は南方油田地帯との交通路を失い、戦争続行が不可能になります。

フィリピンはかくして勝利した《ハウ・フィリピン・ワズ・ウォン》と近未来に宣言するためにも、そのファースト・ステップとしてラバウル占領は必須となりました。

ニューギニア戦線におけるジャップ最大の航空基地です。この脅威の無力化なくして、フィリピン・ロードは開拓できません。

　昨年検討され、棚上げとなった〝タルサ作戦〟の再稼働を提案したく思います。

　大統領閣下が私の戦略に消極的であることは承知しております。

　海軍作戦部長のアーネスト・キングにいたっては、フィリピンに固執するのはマッカーサーの私的制裁にほかならぬと讒言《ざんげん》しているそうですね。

　しかしながら大統領閣下にお伺いしたい。閣下は、戦後をいかに見据えておられますでしょうか。

　対枢軸戦を勝利で終えたとしても、まだ戦乱は終わりません。必ずソビエト連邦はヨーロッパとアジア諸国を共産化しようと望むでしょう。

　赤い大波が押し寄せれば無知蒙昧《もうまい》なる民はたちまち洗脳され、スターリン首相を神と崇《あが》めるようになることは想像に難くありません。

　フィリピンは赤化を食い止める防波堤たり得るのです。アメリカはそこに恒久軍事基地を置き、守備を鉄壁とせねばなりません。

　懸念されるのは中国大陸です。

　総合的に判断するに、私は毛沢東率いる中国共産党が勢力を伸ばし、北京を奪回するのではと考えています。もしそうなれば、自動的に中国はソ連の影響下に置かれます。

　彼らは日本の後釜として我々に敵対する公算が大きいでしょう。海軍力を整備し、太平洋を分割支配しようともちかけてくるかもしれません。

　共産化を食い止める防波堤としてフィリピンは必須です。そして、次には日本列島をすべて合衆国領土にしなければなりません。彼らが神と崇める皇室を廃止し、全土を基地化して不沈空母とし、ソ連の東進を阻止するのです。

アジアの利権はアメリカが独占しなければなりません。それが神の意志なのです。

我がプランは、私欲ではありません。すべては合衆国の安全と利益確保のため。その実現には大統領閣下のご決断を促すほかありません。そのための命令とご許可を頂戴したく思います。

もしご同意いただけない場合は、私も私の信じる道を歩ませていただかねばなりません。

ホワイトハウスに常駐する親しい友人によれば、大統領閣下は、もはやご自身で食事を取ることも困難なご様子とのこと。

病躯を押して大統領という激務をこなしておられる姿勢には大いに驚嘆しますが、政治家とは心身ともに健康であることが前提です。仮に、現在の大統領のお姿が新聞各紙に掲載されるや、国民はどのような印象を抱くでしょうか。

なお、ごく最近、私が共和党の複数の議員と接触した事実もお耳に入れておきます。

来年の大統領選挙において、私はルーズベルト大統領の再選を強く願っておりますが、出馬要請に心が揺れなかったと言えば嘘になります。

ですが新たなる攻撃目標をお与えくだされば、誘惑を断ち切れるやもしれません。大統領閣下のご聡明な決断を期待するしだいです……》

＊

「ボスはこんなものを大統領に送ったのか！」

呆れ果てた声を出したのは、ロバート・Ｌ・アイケルバーガー陸軍中将であった。

「大統領選に出馬してほしくなければ、こっちの言うことを丸呑みにしろと言っているに等しい。これでは脅迫状だぞ。ミスター・テイラー、君はどこでこれを入手した？」

　副官としてニューカレドニアのヌーメアに着任したばかりのマクスウェル・D・テイラー陸軍准将が、金壺眼《かなつぼまなこ》を光らせた。

「外交と情報を扱う者として四方八方に注意を払っておりますと、さまざまな協力者が得られるものであります。提供者《ソース》の開示は、どうかご容赦を。ただし、捏造の可能性は皆無です。このコピーは本物であると保証します」

　アイケルバーガーは黙るしかなかった。情報分析のプロとして、テイラーをヨーロッパ戦線から強引に引き抜いたのは彼自身なのだ。

　当時、アイケルバーガーは南西太平洋軍司令部の一員であり、マッカーサー将軍を補佐する役割を担っていた。

　彼が武名を轟かせたのは、ニューギニアの要衝ブナの占領である。五週間にわたりアメリカ陸軍第三二師団が攻撃を続けていたが、奥深いジャングルと頑強な日本軍の抵抗で、攻略は長期化していた。

　マッカーサーはアイケルバーガーに対し、『ブナを奪え。失敗したら生きて戻るな』との激烈な指示を与え、彼は見事、期待に応えたのだった。一九四三年一月二日のことである。

　もともとアイケルバーガーは、アメリカ国内にて〝トーチ作戦〟――北アフリカ上陸計画の準備に携わっていた。気分はすっかり対ヒトラー戦争に向けられていたが、前ぶれなしに南太平洋戦線への転属を命じられたのだった。

　マッカーサーの直々の指名である。それ自体は名誉なことだ。ブナ占領という結果も残した以上、人選は正しかったわけだ。

信頼こそ勝ち得たものの、アイケルバーガーはマッカーサーを好いてはいなかった。あまりにも独善的であるし、兵士は消耗品だと割り切る物言いには辟易《へきえき》していたのである。

そして復讐作戦の失敗に絡み、スタッフの入れ替えが許可されると、アイケルバーガーはすぐに情報管理のエキスパートを望んだ。

それがテイラー准将である。もう五六歳と若くはないが、語学の達人であり、七カ国語を話せる才人だった。日本語もお手のものだ。

そして、彼は着任と同時にいきなり爆弾めいた文書のコピーを提示したのである。解答に詰まるアイケルバーガーへとテイラーは言う。

「ミスター・マッカーサーは合衆国の王たらんと欲されています。書簡《メッセージ》だと書いてありますが、実際は教書《メッセージ》に近いかと」

「私のボスは、もう大統領選挙への出馬を固めたと判断するべきかな」

「ノー・サー。そこまで先が読めない人物ではありません。恐喝めいた言葉を並べて、全指揮権の掌握を望んでいるだけでしょう」

「つまり〝太平洋方面軍〟の指揮官かね」

「イエス。独立した総司令官が陸海空すべての戦闘単位を統括運用すれば、軍事的な効率は驚くほどあがります。そうした躍進的組織改革が実現すれば、トップの最有力候補はマッカーサー将軍となりましょう」

「そうは問屋がおろさんよ。陸海軍の相剋《そうこく》はマリアナ海峡なみに深い。また海戦の素人である将軍に艦隊を任せれば、待ち受けるのは悲劇だけだ」

実際の話、統合参謀長会議の場で〝太平洋方面軍〟の創設が検討された事実はあった。

しかし、である。アイケルバーガーが危惧したとおり、全戦線をひとりの指揮官が管轄するのは危険が大きすぎる。

複雑化を極める現代戦では、どれほど有能な者がトップに座ろうとも、すべてを切り盛りするのは至難だ。

複数回の討議がなされ、結果として一九四二年四月に〝太平洋軍〟ならびに〝南西太平洋軍〟の創設が決定した。前者をニミッツ提督が、後者をマッカーサー将軍が指揮するわけだ。

これでオーストラリア、ニューギニア、ビスマルク諸島、そしてフィリピンが担当戦線に入る。マッカーサーはいちおう納得すると、豪州のブリスベンに司令本部を置いた。

だが、彼の野望と復讐心はその程度で満足などしなかった。

すべての権力を入手するまで、ありとあらゆる手段を用いて猛進しなければならない。

マッカーサーは自らが合衆国と一体化することを望んでいたのだ。敵失ならぬ味方のエラーさえ活用して……。


港に面した南西太平洋軍司令支部の執務室は、五月だというのに蒸し暑かった。テイラー准将は汗を拭くと、生真面目な表情で話した。

「復讐作戦は不首尾に終わりました。ニミッツ提督の発言権は今後、小さくなり、逆にマッカーサーの権力は拡張します。結果的にですが、対日反攻計画における主導権は陸軍に移りました。肥大した軍組織を使いこなせる人物といえば、もう我らのマッカーサーしか見当たりません」

「君はビッグ・マックの肩を持つんだね」

「当然です。現在の私は閣下、すなわちアイケルバーガー中将の副官であり、南西太平洋軍の主要メンバーです。

　私が渇望するのは、戦争に勝利すること。そのためであれば、どんなボスでも担いでご覧に入れましょう。軽くて操縦しやすい人物であれば、大いに助かるのですが」

　よどみない返事だった。マッカーサーの人となりを把握しているのだろう。切れ者だとの評価は、嘘ではないらしい。

　しかし、高慢は常に偏見を呼ぶ。釘を刺しておく必要がありそうだ。アイケルバーガーは切り札を出す決意を固めた。

「ビッグ・マックを操るのは難儀だよ。我らのボスは復讐作戦の直前、無茶なプランを実行に移しているが、承知しているかね」

「着任して二時間にもならない副官には、かなりの難問かと」

「ラバウル基地に現地民《ネイティブ》の抗日ゲリラを侵入させ、滑走路の輸送機を爆破させたんだ。海軍よりも先にアドミラル・ヤマモトを暗殺しようとしてね。知っている人間はごく一部だから、恥に思う必要はない」

　一瞬だけテイラーの表情が曇ったが、彼はすぐさま冷徹な目つきを取り戻した。

「それが本当だとすれば、マッカーサー将軍は凄まじい機会主義者です。あらゆる手段を講じて結果を求める。そのチャレンジブルな態度は、実に気に入りました」

「感心できるものじゃない。日本軍はあの一件で警戒レベルをあげ、結果として復讐作戦は挫折したのだとする観測もある」

「たぶんですが、マッカーサー将軍はそれも計算しておられたのでは？　海軍がヤマモト暗殺に失敗しても、陸軍にとって好都合です。今後の作戦展開におけるイニシアチブを握れます。現に〝ランドクラブ作戦〟は延期になったと聞きましたが」

それは北太平洋における新攻勢案だ。

陸軍第七師団を戦艦三隻を中心とする護衛艦隊で海上輸送し、日本占領下にあるアッツ島の早期奪回を目指す計画であり、五月初旬からスタート予定だったが、空母〈サラトガ〉喪失という事態を受け、棚上げになっていた。

テイラーは、なおも淡々と言った。

「ニミッツ提督の肝煎りで推し進められた作戦ですが、彼は自ら延期を決めました。太平洋艦隊の発言権が弱体化しつつあることを示す証拠のひとつでしょう。陸軍はこの機に乗じ、より強い態度を示すべきなのです」

テイラーもまた、なかなかの機会主義者らしい。操縦には困難をともなうだろう。切れ味の鋭すぎる部下に向かい、アイケルバーガーは言った。

「君は、私よりも将軍の直属になったほうがよくはないかね」

「そうは思いません。ミスター・マッカーサーが提唱した大戦略には興味を抱けませんから」

「君もフィリピン奪回には賛成しないのか」

「ええ。地政学的観点から考えても、フィリピンは距離がありすぎます。日本を孤立させるのが狙いであれば、台湾占領のほうが効果的でしょう。航空機と機雷で海上交通路を封鎖できますし、同時に中国大陸との連携も容易になります」

「日本本土からも近いぞ。彼らの艦隊は強力だ。

基地の確保は難しいだろう」

「戦線がそこまで西進しているのなら、ジャップの機動部隊はすでに壊滅しているはずです。台湾を基地化すれば、フィリピンや沖縄を制圧する必要がなくなり、日本本土への侵攻が現実味を帯びてきます」

「辛辣《しんらつ》だね。将軍は不愉快な真実を嫌うぞ。彼の前で、その意見は封印したほうがいいだろう」

「ご忠告に感謝します。私もマッカーサー書簡《メッセージ》には否定的ですが、評価できるポイントがひとつあります。ラバウル制圧を明記した点です。今後の進軍路を決定するうえでも征服は必須かと」

アイケルバーガーは顔を歪めた。

「そう簡単に言うなよ。ブナ占領に苦労した私が言うが、ジャップの戦闘意欲は非常に旺盛だぞ。もう勝ち目はゼロなのに、最後の一兵まで抵抗をやめないのだ。

ラバウルは彼らの前進基地であり、守備も堅い。最終的に占領は可能だろうが、損害も甚大だろう。太平洋はアメリカン・ボーイたちの血で満たされてしまう。ここは包囲にとどめ、洋上輸送路を切断したほうが……」

「そのプランには是非とも同意したいのですが、残念ながら無理かと。アメリカには時間的余裕がないのです。ここから先は推測が多く入りますが、お聞きになりますか？」

生唾を呑み込むアイケルバーガーだった。テイラーの言葉と視線は、共犯者を求めるそれだったのだ。引き返せなくなる危惧を抱きつつも、好奇心には勝てなかった。

「是非とも聞きたいね」

真剣な表情を崩さずにテイラー准将は語った。

「大統領閣下は対独第二戦線の早期構築をお考えのようです。今年の秋、かなりの確率でフランスは再び戦場となるでしょう」

「まさか。ディエップ湾の悲劇を忘れたわけじゃあるまいに」

　それは昨年八月に実施された無謀な軍事行動であった。

　六〇〇〇の兵がフランス北西部のディエップに上陸したが、情報の漏洩と稚拙すぎる事前準備が相まった末、散々な失敗に終わった。なにを主眼としていたか、当事者たちですらよく把握していない謎多き作戦であった。

　テイラーは暗い表情で言った。

「あの惨劇で、上陸時の問題点は浮き彫りになりました。次の上陸戦では多少はマシな結果が得られましょう。フランス上陸計画の〝ラウンドアップ作戦〟は立案段階に入ったそうです。

　現在進行中のイタリア作戦にも左右されますが、大統領は実行に踏み切ると読んでいます」

「勝てるかね」

「軍人としてはイエスと答えたいところですが、欧州帰りの身としてはノーです。ドイツの守りはなおも鉄壁。派遣軍は大出血を強要され、作戦は完全に破綻するでしょう。現状はブレーキの壊れた機関車が暴走しているようなもの。もはや誰にも止めようがないのです」

「まだ止められるさ。ミスター・ルーズベルトは癖こそ強いが暗愚ではない。損得を伝えれば必ず翻意してくれる。大統領は、どうして無茶な計画を検討中なのだろう？」

「来年は選挙です」

　生臭い返事に言葉を失うアイケルバーガーに、

テイラーは続けた。

「ヨーロッパ大陸で勝利が確定すれば四選が保証されます。ギャンブルとしては、やる価値があるのかもしれません」

「敗北すれば、すべてを失うぞ」

「そのとおりです。大統領は焦っています。アドミラル・ヤマモトの暗殺失敗で歯車がチグハグになってしまいました。やはり暗殺という卑怯な手段にゴーサインを下したのが間違いだった。そう判断するしかありません」

「君が、時間がないと言った理由がわかったよ。ヨーロッパで大敗すれば、太平洋での攻勢にも制限がかかる。我々はラウンドアップ作戦と前後して目立つ戦果を稼がなければならないわけか」

「ええ。対独戦で負けても対日戦は勝ったという実績を積むには、地味な兵糧攻めでは駄目です。ラバウル占領というわかりやすい戦果が必要なのです」

受け入れるしかない現実に直面させられたアイケルバーガーは、せめてもの救いを求めた。

「戦果を求めるなら援軍が必要だ。特に海軍艦艇がね。空母〈サラトガ〉を失ったのは痛すぎるが、なにか希望はないものかな」

「対症療法ですが、ひとつだけ手を打っておきました。今日の午後、ここヌーメアへ応援の艦隊が到着する予定です。私は出迎えに顔を出しますが、中将閣下もよろしければご一緒に」

拒否する理由が見つからなかったアイケルバーガーは、導かれるまま埠頭へと向かった。

ここ、ニューカレドニア島には五つの滑走路が完成しており、一種の航空要塞の趣きすら感じさせる迫力に満ちていた。

しかし、ガダルカナル島の占領後は空爆の危機も薄れ、南国特有の穏やかな表情を見せている。

南西部に位置するヌーメアには簡易的な軍港もあるが、現在は数隻の駆逐艦が碇泊しているだけで、牧歌的な空気さえ流れていた。

それを乱す物体が沖合から接近してきたのを、アイケルバーガーは目撃したのである。

空母一、練習軽巡二、駆逐艦四隻で構成された自由フランス海軍の機動部隊だった……。

2　古武士の集結

――一九四三年五月二一日

山本五十六大将奇跡の生還！

機上の連合艦隊司令長官、自ら敵機を撃墜！


《……四月中旬。太平洋某方面を大型連絡機にて飛行中の連合艦隊司令長官山本五十六大将は、敵戦闘編隊と遭遇。自ら機銃を発射し、見事これを撃退。無事に帰還す。指揮官先頭たる海軍の伝統、まさに結実せり。

然れども二番機は墜落。参謀長宇垣纏大将（戦死後二階級特進）を筆頭に司令部数名が壮烈なる最期を遂げた事実を、ここに公表す。

また本紙記者は帰国した山本大将と某鎮守府にて特別に面会する場を得たり。ここに談話の抜粋を紹介するものなり。

――空戦の状況やいかに？

『前線視察の途中、アメリカ陸軍航空隊のＰ38に襲撃されてね。メザシと呼ばれる双胴の機体だ。僕は電信員の席に座っていたが、本当に危機一髪だったよ。機載機銃で反撃したが、一機撃墜するのが精いっぱいだった。あとは新型輸送機が韋駄天なみの健脚でね。どうやら逃げおおせたというのが本当のところだ』

――待ち伏せを食らった可能性は？

『否定することはとても難しい。広大な太平洋で、連合艦隊首脳陣が乗る飛行機と敵の戦闘機隊が偶然にも出くわすなど、あまりにもできすぎている。悪意と隠謀が介在したと考えるほうが自然だよ。これを教訓とし、今後は防諜に一層の注意を払わねばなるまい』

――連合艦隊司令部半壊は真実なりや？

『残念ながら事実だな。二番機に乗っていた宇垣参謀長たちには気の毒なことをした。不時着機を発見し、遺体の収容ができたことだけが慰めだ。戦死した英霊は靖国神社から我らを見守ってくれるだろう。しかし帝国海軍には、有能な将星はまだまだ大勢いる。陣容を刷新し、心機一転の思いで戦さに臨みたい』

――長官の命を救った新型輸送機とは？

『軍機につき話せないね。ただし、功績の大きなものには褒賞があって然るべきだ。それは人でも飛行機でも同じ。さっそく増産態勢に入るよう指示をしたため、近いうちに日本の空を飛ぶことになると思うよ』

――反攻作戦の実施やいかに？

『守勢だけで勝てないのは、将棋も戦争も同じ。子細は話せぬが、帝国海軍が座して死を待つような組織ではないことは誰もが知る事実だ。必ずや大攻勢に転じ、敵軍の肝胆を寒からしめて見せようぞ』

取材した記者によれば、山本大将は身体ともに意気軒昂であり、すぐにでも前線へ復帰する覚悟とのこと。我らは銃後の守りを固め、一丸となって聖戦遂行に尽力せねばなるまい……》

惑星日々新聞

昭和一八年五月二一日朝刊

＊

「こいつはずいぶんと挑発的な談話だな」

横須賀軍港に停泊中の新型軽巡洋艦〈大淀《おおよど》〉の参謀休憩室に、古賀峰一《こがみねいち》大将の言葉が流れた。

「一五試双発陸爆の存在をほのめかすなど、長官らしくもない。防諜を謳《うた》いながら正反対の行動に走っているではないか」

横須賀鎮守府司令長官を務める古賀は五七歳。海軍兵学校第三四期生であり、山本五十六の二期後輩にあたる。

根っからの大艦巨砲主義者であり、航空論者の山本とは戦術思想で相容れない仲だった。

しかし、不思議なことに二人は厚い信頼で結ばれていた。山本は戦前、連合艦隊司令長官の座を譲るべき人物として古賀の名をあげたほどだ。

そんな彼に応じたのは別の海軍大将であった。

「すべて計算づくだよ。長官はうっかり口を滑らせるような真似はしない」

発言者は豊田副武《とよだそえむ》だった。

日本海軍を代表する重鎮である。開戦時には呉鎮守府司令長官であったが、昨年一一月から軍事参議官として帝都東京に常駐していた。

海軍大臣候補として名があがったこともあり、当然ながら連合艦隊司令長官のポジションも視野に入っている。

海兵三三期卒で古賀の先輩だが、年齢は同じだ。海軍大学校甲種課程を首席卒業したエリートであり、自他ともに認める軍政家だった。

「新型輸送機という表現にとどめたのが、その証拠であろう。敵さんに限定情報のみを与え、攪乱《かくらん》を試みるのはGF長官ならばこそ可能な技だ」

しばしの沈黙があったが、やがて三番目の海軍提督が口を開いた。

「豊田大将の意見に同意したい。以前ならば、横須賀でこうした場を設けるのは料亭の小松《パイン》が相場だった。しかし、今回はあえてフネに集まれとの沙汰だ。我らが勢ぞろいした事実をスパイに気取られたくないのだろう」

早口で言ったのは高須《たかす》四郎《しろう》中将だった。

海兵三五期卒。この中ではいちばん後輩だが、明治一七年生まれで、年齢では五八歳といちばん年かさである。

高須は現在、南西方面艦隊司令長官としてフィリピンおよびマレー方面における海上護衛戦を監督する立場だが、開戦時には第一艦隊司令長官を務めていた。彼もまた連合艦隊司令長官の席に肉薄する人物だった。

「山本長官も死線をくぐり、ずいぶん変わられた。我らのような老体を集め、どんな悪だくみを考えておられるのやら」

高須の声に古賀が断言した。

「最前線行きだな。自らが敢行した視察で士気が向上したのは事実だ。我々にも同じことをやってくれと話す気ではなかろうか」

「時代錯誤な考えだ。士気云々を言い始めた段階で敗北が近い」

否定したのは豊田であった。

「指揮官先頭は日清日露までは有効だった。だが通信が進化した以上、ＧＦ司令部は陸《おか》にあげても構わないはずだ。前線との連絡さえ確保すれば、トラックやラバウルまで出向く必要もない」

それを補完するかのように高須が言った。

「山本長官も、そう判断しておられる様子。子飼いの部下からの通達では、もう慶應義塾大学に打診しているらしい。横浜日吉校舎に対爆地下施設の設置を検討させていると聞いていますぞ。司令部機能を集約させる腹づもりでは？」

再び古賀が口を開いた。

「旗艦〈武蔵〉ではなく、あえて〈大淀〉に我らを集めたのはその端緒かもしれない。このフネには潜水艦隊旗艦の機能もある。通信設備は大和型を凌駕するかもな」

三人は暗い表情のまま押し黙った。


全員が同じ結論に達したのである。死線を脱した山本長官はその身を内地に置いて、統括指揮を執る気だ。そして、前線部隊を我々に押しつけるつもりらしい……。

還暦の迫る三名だが、まだ生に執着があった。昇進するにつれて安全圏に身を置く時間も長くなり、ともすれば敵弾に斃《たお》れる危険性さえ忘却してしまいがちだった。

だが、彼らはけっして暗愚ではない。

こうして軽巡〈大淀〉に集っただけで、自らの近未来を脳裏に描くことができた。同時に覚悟も蘇りつつあった。

開戦と同時に生還など期さずと誓ったではないか。靖国行きの順番がまわってきた。それだけの話だろう……。

そのとき、ドアがノックされる音が響き、すぐさま第二種軍装の海軍大将が入室してきた。

「待たせてすまなかった。五分前まで作戦計画の練り直しをしていたものでね」

三人は同時に立ち上がり、連合艦隊司令長官に見事な海軍式敬礼をするのだった。

山本五十六その人であった。死地から生還した武人は丁寧にそれに応じると、もうひとりの海軍提督を呼ぶのだった。

「小澤くんを連れてきたよ。入って来たまえ」

強面《こわもて》を絵に描いたような中将が入室してきた。小澤治三郎である。山本とラバウルから戻った彼は以後、長官と行動をともにしていた。

小澤は海兵三七期卒で現在五六歳である。雁首を揃えた男たちのなかで、もっとも若い実戦派の提督だった。

山本は全員に着席を勧めると、電話で茶を用意させた。

すぐに若い従卒が三名やって来た。欧米の格式あるホテルがスカウトしたくなるうやうやしさで配膳をすませると、彼らは部屋を後にした。

こうして室内には五名の海軍提督が残された。重苦しい雰囲気が参謀休憩室に満ちていく。誰もが長官の台詞を待っているのだ。

やがて茶を一口だけすすり、山本は切り出した。

「まずは御足労に感謝するよ。来てもらったのはほかでもない。決意を促すためだ。これから一年で戦争にケリをつける。そのために僕に命を預けてもらう。頼めますかな」

拒否権などあろうはずもないが、疑問は解氷しない。まずは古賀が口火を切った。

「この身に散華《さんげ》する場所をお与えくださるとは武門の誉れ。命令ならば、どこへでも向かう覚悟。

だが、ひとつ確認したい。なぜ我らなのです？」

　疑義に豊田が続く。

「命など開戦と同時に連合艦隊司令長官に預けてあります。ただし血を流すのであれば、戦局を逆転できる見込みがほしいものです」

　最後に高須が自嘲《じちょう》気味に言った。

「まさかとは思いますが、戦死してもあまり差し支えのない老骨ばかり選んだとか？　それはそれで慧眼《けいがん》だとは思います。次の世代には新しい日本を造ってもらわねば困りますからな」

　三名の発言を聞いた山本は静かに返す。

「疑心暗鬼になるのも当然。しかし、諸君でなければできない使命を授けます。ここは僕を信じて投げる石になってもらいたい。

　僕も含め、命を最前線で棄てる決心がなければ帝国海軍に、そして日本に未来はない」

　意外な一言に全員の視線が山本に集中した。

　沈黙したままのＧＦ長官に代わり、小澤治三郎中将が薄い唇を開く。

「長官は再び陣頭指揮を執るおつもりです。私がいくら説得しても駄目でした。こうなった以上、私も一蓮托生の道を選ぶしかありません」

　小澤が嘘や冗談を言う人間でないことは、居合わせた誰もが承知している。すぐに古賀が、

「機動部隊の産みの親と談義を続けていたということは、やはり反攻も空母戦が主軸となる。そう考えて間違いないかな」

　と聞いたが、小澤は厳しい表情を見せた。

「航空隊が主な刃となるのは間違いありません。しかし、それだけではない。砲戦部隊もすべて投入します。連合艦隊を磨り潰す覚悟で、この一戦にすべてを賭けるのです」

次に山本が断言した。

「後の先を取る」

再び注目の的となったGF長官は、なめらかな口調で続けた。

「相手の動きを読み切り、できれば誘導し、まず殴らせる。その打撃に耐えたのち、連合軍の態勢が整わないうちに追い討ちをかけて勝負を決める。それしかない」

指先で軽く机を叩きながら豊田が訊ねた。

「機動防御というやつですか。それも難儀です。我々が真珠湾を焼いたときと同様、敵軍はいつ、どこを、どれだけの兵力で攻めるかという点で、格段に有利なのですから」

希望的観測に基づいて決め打ちをすれば、外れた場合に立て直しが不可能となりますぞ」

至極もっともな指摘に応じたのは小澤だった。


「敵の進軍路は判明しています。間違いなくラバウルです」

怪訝《けげん》そうな顔で高須が言う。

「我らが重視しているのは、アメリカも知っているはず。わざわざ堅陣に攻めて来るものかね。包囲して兵糧攻めにする手段もあるだろう」

小澤はすぐに解答を提供した。

「包囲戦に持ち込むとしても、ラバウル航空隊の脅威を無視はできません。上陸作戦をするしないにかかわらず、無力化のために空襲は必至。ならば必ず米空母が出てきます。連中を我が攻撃圏内に誘引し、これを叩くのです」

わずかに眉を歪めて古賀が問うた。

「言うは易く、行うは難しだ。敵空母の誘引など非現実的だよ。いったいどうやって……」

山本五十六が短く返す。

「機動部隊に挺身隊になってもらう」

意表を突く返答に、小澤を除く三名の表情が凍りついた。なおもGF長官は冷徹に続ける。

「翔鶴《しょうかく》型の二隻を囮《おとり》艦隊として、敵の主力を北へ吸引する。これで食いつかなかったら、もはや打つ手はないが、最高級の餌だ。ニミッツは捕捉撃滅を試みるだろう。タイミングさえ間違えなければ、まだ戦《いくさ》らしい戦ができる」

豊田が暗い声で呟《つぶや》いた。

「ミッドウェーで正規空母四隻を撃沈されて以降、〈翔鶴〉と〈瑞鶴〉は貴重すぎる駒です。あの二隻を失えば、もう戦争ができなくなります」

間髪いれずに山本が告げた。

「言ったはずだ。一年で戦争にケリをつけると。どのみち長期戦には国庫と重油の備蓄が耐えられないし、内地を大規模空襲が襲えば国が潰れる。できればマリアナまで戦線を撤退させたいところだが、陸軍が同意すまいね。ラバウルを要塞化する段取りを進めていて正解だったよ」

すかさず小澤が追随する。

「伊号潜水艦隊が〈サラトガ〉を仕留めたのは大金星でした。太平洋艦隊の大型空母は〈エンタープライズ〉のみ。新型も就役しつつありますが、すぐに実戦投入できる空母はありません。しばらくは時間が稼げるでしょう」

額《ひたい》に汗を浮かべながら高須が訊ねた。

「アメリカの造船能力は、我らのそれと比較にならない。まったく油断はできないぞ。太平洋艦隊が反攻を仕掛ける時期は？」

山本は、愛娘が連れて来た婿の候補者を品定めするかのような目つきで高須を見つめ、ぽつりとこう告げた。

「年末だろう。霜月か師走。あと半年しかない。諸君には、それまでにすべての準備を終えてもらうつもりだ」

短すぎる。誰もがそう判断した瞬間であった。

山本五十六は驚くほどの声量で、こう宣言したのである。

「古賀、豊田、高須、小澤。君たちは全員が連合艦隊司令長官たる素質と資格を持っている。一朝一夕で養える才幹ではない。

それを戦場で散らしてくれと頼むのは実につらい。しかし、こうでもしなければ国民を守れない。この戦に終止符を打つには、ほかに手段がないのだ。頼む」

五九歳の海軍大将は語り終えるや立ち上がり、深く頭を下げるのだった。

3 カレー・クライシス
――一九四三年秋

《……フランス本土上陸を企図して強行されたアメリカ軍による〝ラウンドアップ作戦〟は、一九四三年一一月六日に実施され、三週間強の激戦ののち、上陸軍は敗退するに到った。

破綻の原因はいくつか考えられる。最大のものは米英の不和であろう。

ルーズベルト大統領とチャーチル首相は、スターリンが求めた第二戦線構築には賛成したものの、時期と場所については最後まで意見のすり合わせができなかった。

チャーチルは、イタリア戦線からの戦闘継続を欲していた。

北アフリカ戦で勝利を収めた連合軍は、七月にはシチリア島に、九月にはイタリア南部に上陸を開始しており、やがて新首相ピエトロ・パドリオ元帥も停戦に合意した。

クーデターに近い格好で幽閉されていたムッソリーニは〝ヨーロッパでもっとも危険な男〟こと、武装親衛隊大尉オットー・スコルツェニーによって救出され、すぐにイタリア社会共和国の樹立を宣言したが、それは単なる傀儡《かいらい》政権にすぎず、独裁者の夢見た新ローマ帝国は画餅《がべい》に帰した。

絶好調と評価できるイタリア戦線だが、ひとつ大きな黒星があった。九月九日深夜に実施された〝ジャイアント作戦〟である。

第八二空挺師団をローマ近辺に降下させ、一気に首都奪取を目指すという野心的プランだが、事前準備がお粗末だった。

内通者によれば、降下と同時にイタリア軍残存部隊がドイツへ反旗を翻《ひるがえ》す手筈だったが、待ち受けていたのはドイツ軍の第二降下猟兵師団と第三装甲擲弾兵師団の一部だった。

その中央に舞い降りた第八二空挺師団の主力は、ほぼ全滅の憂き目を見たのである。

余談ながら、同師団長マシュー・リッジウェイ准将は、副官のマクスウェル・D・テイラー大佐が太平洋戦線に引き抜かれたことが敗因だったと分析している。情報将校として抜群の特性を持つ彼さえいれば、悲劇は免れたろうにと。

ともあれ、チャーチルはこの失敗を重視した。空挺作戦は奇襲が確実視できる場所でしか実行してはならない。ドイツ軍が到るところで網を張るフランスに降下するのは自殺も同じだ。

そして空挺作戦なき上陸作戦など机上の空論だ。

よって第二戦線はフランス以外の場所に開かれるべきであろう。

ルーズベルトにとって、それは受け入れられぬ正論であった。山本五十六提督の暗殺に失敗した現実は日本の新聞各紙によって拡散され、欧米のマスコミも尾鰭《おひれ》をつけて流していた。すべてを否定してはみたが、軍内部に生じた疑惑は大統領の求心力を低下させた。

もともと合衆国はフランス本土に固執していた。それは昨年の経緯を見れば理解できる。

まず、米英によるフランス上陸を目指す〝スレッジハンマー作戦〟が計画された。これはさすがに時期尚早だと見送られたが、八月には予行演習に近い形でディエップ湾上陸作戦が実施された。

カナダ陸軍を柱とする突入部隊が早朝に上陸し、その日のうちにイギリスへ戻るという中途半端なプランは、無惨な敗北に終わったのである。

チャーチルは、これでアメリカの目も醒めると期待したが、ルーズベルトは逆に失敗から学ぶべきと力説し、翌四三年秋にラウンドアップ作戦を決行したのだった。

揚陸地点はカレー。ドーバー海峡ではもっとも狭く、渡洋が楽な場所だ。

ただし、奇襲を重視したため艦砲射撃はなく、空挺作戦も併用されなかった。それどころか、制空権さえ磐石《ばんじゃく》とは言い難い状況であった。

先鋒としてアメリカ陸軍第一および第四歩兵師団の約二万が上陸し、橋頭堡を築いたのち、イギリス陸軍の内陸侵攻部隊と交代する。そんな甘い目論みは数日で崩壊した。

世に言う〝カレー危機《クライシス》〟である。

アメリカ軍は冬の荒れたドーバー海峡を舐めて

いた。イギリス側の忠告を無視し、強引に突破を図った輸送船団であったが、上陸用舟艇の多くが波に砕かれ、約二割が航行不能に追いやられた。

また、ドイツ軍は機甲師団一個と歩兵師団六個で守備を固めていた。その半数が地獄の東部戦線を経験した屈強な兵団だ。

加えて指揮官はエルヴィン・ロンメル将軍であった。北アフリカ戦線での活躍が有名だが、四〇年のフランス侵攻でも最前線で戦い、地勢は熟知していた。

アメリカ軍は不得手な夜戦に持ち込まれ、橋頭堡を守るのに手いっぱいとなってしまった。頼みの綱であるイギリス軍の腰は重く、三週間の激闘の末、アイゼンハワー将軍は〝名誉ある撤退〟という道を選んだ。

くしくも逃走に用いられた海岸はダンケルクであった。三年前に苦汁を舐めた場所で、連合軍は再び敗北を繰り返したのである。

この悲報にルーズベルト大統領は言葉を失い、そして最終決断を下した。

ギャンブルの損はギャンブルで取り戻せと。

ナチには苦戦しても、ジャップには楽勝できる。それを証明するためのラバウル強襲――タルサ作戦は実施されたのである。時に一九四三年一二月七日のことであった……》

ジョン・トーランド著

「大日本帝国の凱歌　第４巻

疾風怒濤の神風」より

第4章
要塞強襲

1　エアレイド・イン・ウェーブス
——一九四三年一二月六日

　ラバウルへの全面攻撃は定石どおり大空襲から始まった。

　ガダルカナル島とポートモレスビーの二カ所を根城としたアメリカ陸軍第五航空軍は、かつてない規模の爆撃機を集中配備し、ラバウルの破壊を目論んだ。

　B24〝リベレーター〟重爆撃機とB25〝ミッチェル〟中型爆撃機が主力であったが、これにA20〝ハヴォック〟やB26〝マローダー〟も加わり、さらにはB17〝フライングフォートレス〟重爆も少数が参戦していた。

　総計は二九五機だ。これに八一機の双発戦闘機P38が護衛につく。戦果確認の難しい夜間ではなく、早朝から波状空爆《エアレイド・イン・ウェーブス》を実施し、四八時間で継戦能力を半減させるのが狙いだった。

　ラバウル攻撃は、これが初めてではない。威力偵察は日常茶飯事であり、四三年二月頃から継続的な空襲も実施されていた。

　目標は輸送船団の撃滅と飛行場の撃破だ。

　シンプソン湾に定期的に入港している補給船は格好の標的となり、一定の戦果を稼げたが、滑走路の破壊は失敗が続いていた。

かなりの数の日本陸海軍航空隊が常駐しており、激烈なる迎撃戦を展開したためだ。

偵察写真と現地民情報によれば、飛行機掩体壕も相当数が完成しており、地上で撃破された日本機は少数らしい。

これらの報告を受けたタルサ作戦総合指揮官のダグラス・マッカーサー大将は、夏から秋にかけて定期偵察以外の空襲を手控えた。

第五航空軍を仕切る彼は、総力を結集して一撃で日本軍を屠ることを望んだわけである。

将軍の決定に関し、歴史家の採点は実に辛い。国力を生かし長期戦に持ち込めば出血は最小限ですんだはず。マッカーサーはラバウルという肉挽き機に若き勇者たちを投げ込んでしまったと。

しかしながら、当時としては叡智ある決断だと評価されていた一面も、またある。

ヨーロッパ反攻につまずいたアメリカは、対日戦線での早急なる大勝利を欲していたのだ。短期決戦という博奕に打って出たのは、戦争を一日でも早く終わらせるためであった。

その野望は、やがて意図したものとは真逆の形で現実化することになる……。

＊

CL-46〈フェニックス〉は運の強い軽巡洋艦であった。

ブルックリン型の五番艦として六年前に完成した〈フェニックス〉は、真珠湾攻撃を経験しつつも無傷でこれを切り抜け、以後は主に船団護衛に従事していた。

その間、目立つ損傷はない。

南西太平洋軍司令長官のマッカーサーが将旗を掲げるにあたり、もっとも重視したのが運という不可知の要素であった。

戦闘単位の整備や武器の調達など、コネと努力しだいでどうにでもなる。だが、運と不運だけは人智が及ばず、前例と経験に頼るしかない。

露天の防空指揮所で晴天の一角を睨《にら》むマッカーサーは、人並みの信仰心を持ち合わせており、作戦開始のこの日も祈りは欠かさなかった。

(寛容と平等の神よ。どうか鷲の紋章が描かれた鉄の鳥に恩寵を。我らは御手になりかわり、悪鬼の如きジャップを叩きまする。どうか鉄槌に厚き祝福を……)

そんな祈念が通じたのか、それから一分と経過しないうちに報告が入った。

「将軍、第一波空襲隊の無電をキャッチしました。ラバウル基地への攻撃開始を確認。各飛行場を猛爆するも、ジークとトニーの反撃に遭い、大乱闘中のもよう!」

通信士官の通達に、マッカーサーは表情を一切変えずに訊ねた。

「ミスター・キンケイド、ジークというのがゼロ・ファイターなのは理解しているが、トニーとはなんの隠語なのかね」

トーマス・C・キンケイド海軍中将は生真面目な口調で応じた。

「カワサキが製造した液冷戦闘機の飛燕《ヒエン》ですな。ドイツ空軍《ルフトヴァッフェ》のメッサーシュミットをコピーしたようです。少なくともエンジン部分は同一との報告を受けています」

「ジャップは物真似だけはうまいからな。しかし、液冷エンジンは取り扱いが難しいはず。量産には向いてない。なけなしの数を集めたのだろうが、今回、消耗させれば再起不能となるだろう」

キンケイドは南西太平洋軍の先任海軍提督だ。前任者はアーサー・カーペンター少将であったが、陸軍との間に協力関係を築くことができず、また身内の潜水艦隊からも忌避されていた。

マッカーサーが、もっと話のわかる男を寄こせとワシントンにかけ合った結果、送られてきたのがキンケイドだった。

彼は定評ある協調性の高さを示すように、希望的観測が多々混じるマッカーサーの発言を肯定するのだった。

「空冷エンジンと違い、交換部品が山ほど必要ですしね。滑走路脇の倉庫を燃やすだけで稼働機は一気に減りますな」

キンケイドは武官としての海外勤務も長いが、同時に戦艦〈コロラド〉副長や重巡〈インディアナポリス〉艦長など、実戦部隊の経験も豊富だ。砲戦部隊が専門だが無類の勉強家であり、空母戦の知識も貪欲に吸収していた。

力強く頷いてからマッカーサーは言った。

「第一波は損害も多いだろう。しかし第四波までの連続攻撃で奴らの継戦能力は地に落ちる。もし生き残りがいても、こちらにはスプルーアンスの第五〇任務部隊がある。無電一本で、ラバウルにトドメを刺せるな。あとは夜間に艦砲射撃を繰り返し、明日の日の出と同時に上陸だ。トラブルがなければ、時刻表どおりの戦争ができそうだよ」

トレードマークのコーンパイプを取り出しつつ、腕時計を確認した。

現地時間の午前七時三〇分、上陸作戦開始まで残り二二時間。

　マッカーサーは視線をめぐらすと、擁する大船団を乾いた目で見据えるのだった。


　ラバウル征服を目標とするマッカーサー配下の輸送船団は、大小合計で一九五隻を数えた。

　鉄の艨艟《もうどう》の群れは、見る者に荘厳すら感じさせる猛々しさに満ちていた。

　まず目立つのは新鋭のドック式揚陸艦だ。アシュランド型に属する〈アシュランド〉〈ベレ・グローブ〉〈カーター・ホール〉が、それである。

　基準排水量四七九〇トンと軽巡なみの船体に、水陸両用戦車ＬＶＴを四一輛も詰め込めた。しかもプール状のドックに注水するため、きわめて短時間で発進できる。

　それを凌駕しているサイズなのが、民間から徴用した八〇〇〇トン級の貨客船だ。これが一二隻も参戦している。

　ガダルカナル上陸時には、それからヒギンズ艇と呼ばれる上陸用舟艇《ＬＣＶＰ》に兵を乗せ替え、海岸まで運んでいた。

　手堅い手段であり、今回も実施されるが、主役ではない。マッカーサーがもっとも期待を寄せているのは、大量生産された戦車揚陸艦《ＬＳＴ》であった。

　全長一〇〇メートル、全幅一五・三メートルと駆逐艦なみのサイズながらも、一定の航洋能力があり、太平洋の横断も可能だった。

　最大の特徴は艦首にバウランプを装備し、直接海岸に揚陸できることだ。

　その実力はフランスのディエップで実証されていた。戦車揚陸艦と名づけられているが、完全武装の海兵隊員を一九〇名、乗せることも可能だ。

マッカーサーには、ＬＳＴ‐１型と呼ばれるそれが七八隻も与えられていた。

　護衛艦艇として戦艦八、重巡六、軽巡七、駆逐艦二九隻が周囲を固めている。旧型駆逐艦を改造した高速輸送艦《ＡＰＤ》も多数参加していた。

　ただし、正規空母は一隻もいない。タンカーを改造したサンガモン型護衛空母が四隻と、新型のカサブランカ型空母が三隻随伴しているだけだ。

　ともに三〇機弱の艦載機を運用する低速の小型艦だが、七隻で二〇〇機強の戦力となる。防空と対潜任務には充分な数であろう。


　上陸作戦では世界第一級の戦闘単位を与えられたマッカーサーだが、安堵はしていない。それが表情に出たのか、キンケイドが訊ねてきた。

「将軍、やはり進軍速度が気がかりですか」

「ああ。九ノットでは、海面を這っているのも同然だな。これで間に合うのか、いささか疑問だ。今回は敵前上陸を覚悟しなければならない。夜明け前の時間帯でなければ、損害が大きすぎよう」

「タイムテーブルどおりであれば、誤差は三〇分内外のはずです」

「ジャップが攻撃して来なければな。スケジュールに戦闘は含まれていない。ミートボールのマークが描かれた敵機か潜水艦が姿を見せれば、面倒なことになりかねんぞ」

「その危険性は、さほど大きくありません。空襲下の滑走路から攻撃隊を発進させる余裕など、日本軍にはないでしょう。各護衛空母も、対潜警戒の任務を帯びたアヴェンジャー雷撃機を出撃させています。むざむざとやられはしませんよ」

　キンケイドがそう言った直後、艦長のアルバート・ノーブル大佐が防空指揮所に姿を見せた。

「スプルーアンス提督から急報です。索敵機が大規模な日本艦隊をアドミラルティ諸島の北方海域で発見したもよう！」

ノーブルは過去に駆逐艦長を経験していたが、軽巡を任されたのは初めてだ。〈フェニックス〉艦長という役職に彼は戦意をたぎらせていた。

「スプルーアンス提督はこう述べておられます。陸軍との事前協議に基づき総力をあげて敵艦隊を攻撃し、捕捉撃滅すると。攻撃精神に溢れる頼もしい一文です。是非、艦内に放送し、士気の高揚に努めたいと思いますが」

威勢のいいノーブルの発言に、マッカーサーは即座に反応した。

「キンケイド提督、やはり〈フェニックス〉を旗艦として正解だったな。本艦の通信能力は戦艦のそれと匹敵するではないか。

ノーブル艦長、すぐスプルーアンスに返電だ。出撃許可数は全艦載機の半分までとする。半数は残せと言え。それと防諜の観点から、乗組員への通達はこれを許可できない」

あてが外れて唖然とするノーブル艦長を横目に、キンケイドが言った。

「将軍、それはいけません。ヌーメア基地ですり合わせを終えたではありませんか。日本艦隊出現時にはラバウル空襲を暫時ストップし、空母撃滅を優先してよいと」

マッカーサーは淡々と応じた。

「敵艦隊の子細は不明なのだろう。報告に空母という単語はなかった。もし発見していたなら、真っ先に通報してくるだろうに。

空振りだと痛すぎるよ。戦機は、スプルーアンスにフリーハンドを与えるまでに熟していない。それが私の判断だ」

2 ベター・チョイス

――同日、午後一時三〇分

新世代の兵器たる軍用機の扱いだが、日米海軍は双方ともにまだ完璧な筋道を確立できてはいなかった。

その原因は、飛行機の汎用性の高さに求められよう。陸海空の戦場で攻守のすべてに活用できるため、なんでも可能だと誤解されてしまう。結果として、いくら数を揃えても足りなくなる。

真珠湾で機動部隊の破壊力を示し、全世界の度肝を抜いた日本海軍も、持ち前の合理主義の精神で大艦巨砲を棄て全力で空母建造へ舵を切ったアメリカ海軍も、一見したところ正答を得ているように思えるが、実際は人命を軽視し、無理に無理を重ねて運用しているにすぎない。

しわ寄せは現場に丸投げされる。パイロットは当然だが、航空戦隊を指揮するポジションの男もまた、苦汁を舐めさせられていた。

第五〇任務部隊の総責任者は困難な決断を迫られていたのである……。

「信じられない。ビッグ・マックがこんな重大な場面で横槍を入れてくるとは！」

穏健派で知られるクリフトン・スプレイグ大佐が珍しく声を荒らげた。

「こういう状況を防ぐため、何度も打ち合わせを重ねたというのに。日本空母が姿を見せたなら、そちらに全力を注ぐ許可は得ていた。あの協議はまったくの無駄だったのか！」

スプレイグは第五〇任務部隊第一群の航空参謀だった。新鋭空母〈ワスプⅡ〉の艦長に内定していたが、機動部隊を一任された人物が強引に引き抜いたのだ。

喧騒と不満が支配するCV‐6〈エンタープライズ〉の戦闘《バトル》ブリッジに司令長官の声が流れた。

「スプレイグ航空参謀の言ったとおり、マッカーサー将軍は我らとの盟約を違《たが》えた。これはペテンにかけられたと評してもよい」

もちろん、発言者はレイモンド・スプルーアンス中将であった。

ミッドウェー戦を勝利に導いた立役者である。その後はニミッツの参謀長を務めていたが、今年の五月に中部太平洋艦隊司令官に抜擢され、再び前線で指揮を執っていた。

ラバウル奪取を狙うタルサ作戦において実質的キーマンとなる海軍中将へと、スプレイグが言葉を投げかけた。

「触接機が撃墜され、日本艦隊に空母がいるかどうかは不明です。たしかに総力出撃は危険な賭けかもしれません。しかし攻撃隊が半数では、一撃で相手を圧倒するという基本戦略が根底から揺らぎます」

軽く頷いてからスプルーアンスは訊ねた。

「ミスター・スプレイグ、専門家としての意見を知りたい。我らのウォー・ボーイズの技量は一定のレベルに達しているのかね」

スプレイグは今年四月からシアトル地区の海軍航空隊司令を半年務めていた。サウンドポイント海軍基地は艦載機搭乗員を専門に育成しており、彼はその腕前も熟知している。

「訓練は十二分に積みました。しかし、大量にパイロットを養成しましたから、どうしてもむらはあります。また、実戦経験の豊富な人材を各空母に散らした結果、隊長クラスの人材が薄くなり、平均点はやや下落傾向かと」

スプレイグの厳しい自己評価に対し、スプルーアンスは満足した表情を見せた。

「だが、頭数は増えた。正規空母五、軽空母五を揃え、艦載機は六七八機だ。これなら半数だけの出撃でも間に合うかもな」

スプルーアンスの台詞に一切の誇張はない。

第五〇任務部隊には、実に一〇隻もの航空母艦《フラットトップ》が参陣していたのである。彼女たちは二つの群れに分かれ、戦機が熟すのを待っていた。

艦隊乗組員たちからは十戒を意味するテン・コマンドメンツになぞらえ、テン・コマンドキャリアーズと呼称されている。

旗艦はCV-6〈エンタープライズ〉だ。この歴戦艦は五ヶ月の補修工事を経てリフレッシュを終えていた。最大の改修ポイントは戦闘指揮所《CIC》の設置であろう。

合理的判断の得意なスプルーアンスは、迷わず〈エンタープライズ〉に将旗を掲げていた。ミッドウェー海戦での成功体験もあるが、やはり乗り慣れたフネのほうが精神的に楽だった。

ほかの空母はすべてエセックス型だ。

CV-9〈エセックス〉、CV-10〈ヨークタウンⅡ〉、CV-16〈レキシントンⅡ〉、CV-17〈サラトガⅡ〉である。

基本的にヨークタウン型の強化版だが、過去の建艦技術を集大成し、実戦で得られたノウハウを惜しみなく投入して完成した新鋭空母だった。

ほかにも数隻が完成しているが、習熟訓練を終えたのはこの四隻だけだ。

驚くべきは搭載機数である。各艦平均で九〇機を数えた。露天繋留も併用すれば、一〇〇機超の艦載機を積め込める。

そして軽空母も五隻。軽巡を改造したインデペンデンス型だ。CLV‐22〈インデペンデンス〉を筆頭に、〈プリンストン〉〈ベロー・ウッド〉〈カウペンス〉〈モンテレー〉の面々である。

いずれも四三年六月までに完成しており、乗組員も仕上がっていた。速度は三二ノットを発揮可能で、エセックス型と行動をともにできるのは大いなる強みだ。

全長一九〇メートル弱と小振りであるにもかかわらず、艦載機を四五機も搭載できる。これだけの数を運用できるのはカタパルトのHⅡ‐1型が完成していたことが大きい。

日本海軍はそれと同様のものを、ついに終戦まで製造できなかった。商船を改造した低速空母が戦局に寄与できなかった理由のひとつである……。

スプルーアンスはこれら一〇隻の空母を二つの空母群に分け、ニューアイルランド島の北方海域を遊弋《ゆうよく》していた。

自らが指揮する第一群は〈エンタープライズ〉〈エセックス〉〈ヨークタウンⅡ〉、そして〈インデペンデンス〉〈プリンストン〉が所属し、第二群はそのほかの空母で構成されている。

そちらの指揮官はチャールズ・A・パウノール少将だった。戦前に〈エンタープライズ〉の艦長を二年以上も務めあげ、航空機にも詳しい。前職は西海岸艦隊航空団指揮官であった。

はた目には納得できる人事だが、スプルーアンスは満足していない。彼は己を用心深いたちだと自覚していたが、パウノールはそれに輪をかけたような男だった。

今も昔も、指揮官の性格は戦いに反映される。片方が慎重なら、もうひとりは闘将が望ましい。スプルーアンスはフランク・J・フレッチャー中将の復帰を望んだ。

ともにミッドウェーで勝利をつかんだ仲であり、ハルゼー亡き後では空母戦の経験をもっとも多く重ねている提督だ。

残念ながら、フレッチャーは海軍作戦部長アーネスト・キング大将の不興を買っていた。

戦果こそ積み上げているが、珊瑚海にミッドウェー、東部ソロモン海でそれぞれ空母を撃破されているではないか。もう奴に空母を任せることはできないと。

現在、フレッチャーは北太平洋方面総指揮官として、実施の見通しすら立たないアッツ島およびキスカ島の攻略作戦を練っていた。本人も空母艦隊の指揮に未練はないようだ。

次にスプルーアンスはマーク・ミッチャー少将を推したが、彼は現在フロリダで訓練飛行隊指揮官を任されていた。

左遷されたのだ。ヌーメア航空団指揮官だったミッチャーは、山本五十六暗殺失敗の責任を取らされ、アメリカ本土へ召喚されていたのである。

スプルーアンス自身は空母の専門家ではない。航空戦に明るく、機動部隊を縦横に使いこなせる人材を探せば、パウノールに白羽の矢が立つのも当然であった。

消去法でパウノール少将を受け入れたスプルーアンスは、せめてもと幕僚の選択にはわがままを通した。航空参謀にスプレイグを指名し、参謀長はつきあいの長いカール・ムーア大佐を選んだ。

ムーアも闘将タイプではないが、バランス感覚に秀でており、書類仕事をやらせればアメリカ海軍随一である。スプルーアンスは己が苦手とする事務をムーアに丸投げしていた。

人事面では完璧とは評せないが、それをカバーして余りある破壊力を保有していることも、また事実だ。

第五〇任務部隊は、太平洋艦隊史上最強の戦闘単位と称しても、違和感を抱く者は少なかったであろう……。

スプレイグ航空参謀が渋い表情で言った。

「カタリナ飛行艇の報告によれば、敵艦隊は戦艦クラスを複数含む水上部隊とのこと。空母の有無は未確認ですが、迎撃機がいたからこそ飛行艇は墜とされたのです。ここはショウカク型大型空母がいると判断し、動くべきです」

部下の熱のこもった調子にも、スプルーアンスは表情を変えなかった。

「半数では駄目かね」

「過去の空母戦のレポートを検分しました。ジャップ艦隊の防空能力は磐石とは評価できません。しかし珊瑚海、ミッドウェー、東部ソロモン海、サンタクルーズと回を重ねるにつれ、こちらの攻撃隊の帰還率が下落しているのも事実。

一撃で決着をつけるためには、第五〇任務部隊の総力をあげての攻撃が必要だと判断します」

それはプロとしての発言だろうが、多分に経験も混入していた。スプレイグは日本海軍航空隊の実力をその瞳で目撃していたのだ。

水上機母艦〈タンジール〉の艦長だった彼は、真珠湾攻撃の現場に居合わせていた。無傷で空襲を乗り切ったが、手強さは骨身に沁みていた。

スプレイグはその後、大西洋メキシコ湾基地の先任参謀としてUボート戦にも参加し、対潜作戦にも一家言あった。スプルーアンスがスカウトした理由のひとつである。

「そうか。半数出撃では効果なしか。よろしい。それでは出撃そのものを取りやめよう」

意外すぎる発言に、ブリッジの体感温度は数度下落したかのようだった。

「司令、それはあまりにも無責任なご発言です。ここでジャップの艦隊を放置すれば、マッカーサー将軍の上陸船団が危うくなるのですぞ」

スプレイグのもっともな指摘に、スプルーアンスは悠然と返すのだった。

「航空参謀に訊ねよう。タルサ作戦における我らの存在意義はなんだ?」

「サー。敵軍の航空勢力を封殺し、制空権を確保することだと理解しておりますが」

「そのとおり。では海図を見たまえ。敵艦隊までは四五〇キロ以上ある。片道二時間強。ベテランパイロットでも相手を見失う公算は大きいはずだ。帰艦も楽ではなかろう」

説教師のようにスプルーアンスは語り続けた。

「ミッドウェー海戦では出撃した機体の四割弱が機位を失い、母艦に戻れなかった。六月五日の夜の段階で〈エンタープライズ〉の航空戦力は半減していたのだ。

日本艦隊が撤収したから助かったようなものの、戦艦部隊がミッドウェー基地を主砲で叩いていたら、艦載機で撃退するのは困難だった」

スプレイグが早口で返した。

「艦載機はまだ黎明の兵器です。機動部隊は一度の出撃で戦力を全損するかもしれません。しかしこれだけの戦力を与えられながら、なにもしないという選択肢はあり得ません！」

その直後、戦闘指揮所《CIC》に居座る艦長のマティアス・B・ガードナー准将から電話が入った。

『輪形陣外縁部の駆逐艦〈グリッドレイ〉から入電。潜望鏡らしき物体を確認。これより爆雷攻撃を開始する』

やがて遠雷の響きが〈エンタープライズ〉にまで届いてきた。観念したかのようにスプレイグが告げる。

「発見されたと考えて動きましょう。夕刻に空襲は必至です。ここは機先を制するべきです」

「よろしい。機先を制するべく動こう。我が第五○任務部隊は確実にダメージを与えられる場所に牙を突き立てる」

持ってまわった表現だなと内心で苦笑しつつ、スプルーアンスは命じた。

「ラバウルを空襲する。守勢の日本艦隊はミッドウェー海戦時の我らと同様、航空基地と空母の併用を望むだろう。まずは地上の滑走路を叩き潰し、敵機の根城をひとつ潰す」

複雑な表情を示したあと、スプレイグはこう返答するのだった。

「予定どおり、ということですな。マッカーサー将軍は、さぞお喜びになるでしょう。では対地爆撃装備のまま、全力出撃でラバウルを……」

「ノー、半数にしたまえ」

3　シェルター・バトル

――同日、午後二時一五分

ラバウル基地は絶え間ない空襲に直面していた。

標的は五つの滑走路である。連合軍は事前の偵察情報で、それらの場所と規模を承知しており、夜明けと同時に一〇分間隔で猛爆を続けていた。

かつてない規模の攻撃だが、一気呵成にすべてを決するというよりも、粘着質に長く空爆を継続することで、防御側の戦力と戦意を削り取るのが狙いだった。

日本軍も果敢に対空戦を展開し、少なからぬ出血を強いているが、先細りは否めない。いわゆる守勢のジレンマであった。

第三者の視線で戦況を冷静に見据えれば、日本軍の防空システムは一定の完成を見ていた。

ラバウル東部に位置するニューアイルランド島のセントジョージ岬に電探基地を設け、敵機襲来を小一時間前からキャッチしていたのだ。的確に迎撃戦闘機が発進できた理由は、それである。

これにより連合軍の空爆はすべて強襲となった。奇襲効果が皆無となった以上、戦果は少なく被害は拡大する。

もちろん、日本軍も戦況有利とは言い難い。

特に最前線で航空戦を指揮する海軍中将は、ままならぬ現実に辟易《へきえき》していたのだった……。

＊

『こちら西飛行場。現在、敵機第七波の爆撃下にあり。四機を撃墜するも損害甚大。滑走路は一部使用不能。陸軍の工兵隊が修理に着手した！』

防空を統括指揮する地下壕には被害報告がひっきりなしに飛び込んできたが、これはその中でもいちばん深刻だった。

「よくないな。西飛行場には、まだ陸攻が六〇機は残っているというのに」

重々しい調子で語ったのは高須四郎海軍中将であった。

横須賀の〈大淀〉で山本長官に乞われた結果、彼は新設されたラバウル航空艦隊司令長官の座についていた。

大胆な組織改編であり、南東方面艦隊も傘下に収められた。その指揮官であった草鹿任一中将も高須の指揮下に入っている。場合によっては、陸軍航空隊にさえ口を挟める立ち位置だ。

高須は大佐時代、帝国海軍にとって黒歴史そのものである五・一五事件の軍事法廷で、判士長を任されていた。判決は大甘だとする声も大きかったが、すべては海軍を分裂させないための苦渋の選択であった。

死刑判決が皆無だった事実に山本五十六は必ずしも同調していなかったが、高須の調和を過度に重んじる態度には利用価値があると踏んでいた。陸海軍の指揮権が交錯する前線では、重鎮のバランス感覚が生きるはずだと。

「掩体壕に入れておいても燃えるときは燃える。やはり空中退避させるべきだったか」

高須の問いに応じたのは首席参謀であった。

「いいえ。空に逃がしたのでは反撃の準備に時間を要しますし、そもそも波状攻撃の下では着陸するタイミングを逸したことでしょう」

源田実《げんだみのる》大佐である。真珠湾攻撃に立案から携わり、のちに大本営海軍参謀を拝命していた彼は、再び現場で航空戦の差配に挑んでいた。

「ここは滑走路の修繕に勤しみ、退避させておいた陸攻隊と合同攻撃の策を練るべきです」

源田の発言は正論そのものだった。

空襲下で活躍できるのは戦闘機のみだ。艦爆や艦攻、陸攻など単なる可燃物である。

掩体壕の準備は進んでいたが、全機を収容するのは無理だった。空中退避も対応のひとつだが、最適解ではない。やはり安全な場所に脱出させるほうが確実である。

そこで、ニューアイルランド島の中部にナマタナイ飛行場が整備された。ラバウルからは六〇キロの地点だ。飛行機なら指呼の間である。

当初は滑走路も短く、艦載機専用であったが、ラバウルの要塞化に合わせて強化され、大型機でも離着陸が可能となっている。


ラバウルに展開中の一式陸攻は、第二六航空戦隊所属の五個飛行隊だ。稼働機は二三一機。反撃の切り札であり、絶対に確保しなければならない戦力であった。

敵機来襲近し。その急報に陸攻隊はナマタナイ飛行場へと移動を開始し、一七〇機が一時退避を終えていたのである。

高須は当然それを承知していたが、まだ疑念は拭い去れない。

「滑走路の修理は時間がかかる。西飛行場の陸攻隊は、もう飛べないと判断したほうがいいな」

当時、ラバウルには五本の滑走路が存在した。東西南北、およびトベラ飛行場である。

そのうち最大なものは西飛行場だ。ラバウル市街からは約一二キロ、陸軍第八方面軍司令部から六キロに位置し、全長一二〇〇メートル、幅一五

○メートルもある。もともとオーストラリア軍が整備していたため、設備も充実していた。
源田は電話で現地と確認しましょうと提案し、高須も了承した。

ラバウル死守において重視されたのが、連絡線の確保であった。

無線は当然だが、有線電話も複数線が準備され、飛行場や対空陣地との疎通が容易になっていた。それに加えて伝令兵に烽火《のろし》、あげくには伝書鳩まで準備されていた。

たちまち西飛行場との回線が繋がり、双方向通信が始まった。

『こちら西飛行場の草鹿です。聞こえますか』

相手は南東方面艦隊司令長官の草鹿任一に違いなかった。同じ中将だが草鹿は海兵三七期卒で、高須は三五期だ。当然、高須が先輩格である。

「よく聞こえている。ラバウル航空艦隊司令部の高須だ。被害の子細を知りたい」

『滑走路に大穴があきました。陸軍さんの工兵隊が頑張ってくれています。予備の鉄板を敷き直すだけで、どうにかなりそうです』

ラバウルには花吹山や西吹山など活火山が複数存在し、風向きしだいでは火山灰が厚く積もり、滑走路を覆い隠すこともあった。

補強と視認性のため、部分的に鉄板を敷き詰めて急場をしのいでいたが、それが奏効したようだ。

「陸攻隊の被害状況は？」

『飛べるのは掩体壕に収容した三九機です。雷装のまま、待機させてあります』

生き残りは思いのほか多い。高須中将はここで決断した。

「飛行可能と判断したら連絡せよ。それから草鹿くん、君から指揮権を奪うような真似をして悪いと思っている。すべては山本長官の指図であり、ただ勝利のためなのだ。理解してほしい」

『委細承知！　我らが欲するのは攻撃命令のみ。文句もありますが、すべては勝ったあとで！』

回線を切るや、源田が勢い込んで言った。

「長官、草鹿中将の様子から察するに現場は爆発寸前です。ナマタナイ飛行場に逃がした陸攻も、いつ見つかるかわかりません。攻撃目標の選定に入りましょう！」

最善を求めすぎて最悪に陥るのは愚者の道だ。高須は腹をくくる場面だと判断し、卓上の勢力地図を睨んだ。

上陸船団およびその護衛部隊と思しき艦隊は、すでに発見できていた。ニューアイルランド島の真南だ。ラバウルからの距離は約二二〇キロ。艦隊速度が一〇ノット前後だと仮定すると、半日と少しで上陸戦が始まってしまう。

通常ならば全力攻撃を仕掛けるべき場面だが、決断を逡巡させるニュースが三〇分前に舞い込んでいた。

ニューアイルランド島北方で哨戒に従事していた〈伊三八潜〉が、敵機動部隊を発見したのだ。大型空母数隻を含む大艦隊である。標的として旨味のある相手は明らかにそちらだった。

古武士のような軍人である高須の心は揺れた。

「源田くん、どうせなら米空母を攻めるわけにはいかんか。搭乗員たちもそちらを望むだろう」

機械的なまでの冷徹さで源田は答えた。

「イギリス東洋艦隊を撃破した成功体験はお忘れください。当時とは状況がまったく異なります。南太平洋海戦に参加したパイロットから直接聞きましたが、アメリカ空母艦隊の対空砲火は尋常ではありません。白昼堂々の雷撃など自殺も同然。ここは確実に戦果を確保できる輸送船団に矛先を向けるべきです」

正論に未練を断ち切られた高須は、こう命じるのだった。

「仕方ないな。まずは目先の脅威を叩き潰そう。草鹿中将に通達。第二六航空戦隊は総力をあげて敵輸送船団を覆滅……」

彼は発言を終えることができなかった。地下壕の電気が不意に消えたのだ。

続いて爆発音と振動が頭上から響く。

暗闇は一〇秒と続かず、すぐ停電は復旧した。予備電源が入ったのだろう。

「奴ら、市街にまで投弾を開始したか。ここには民間人も多少は残っているというのに！」

源田の嘆きを無視するかのように高須は言う。

「西飛行場との電話回線は生きているか？」

受話器を操作していた通信兵が悲壮な表情で、

「駄目です。まったく通じません！」

と言うや、高須はすぐさま命じた。

「それなら無電を打て。準備できしだい陸攻隊は全機発進。南南東の敵輸送部隊を攻撃せよ！」

再び電気が消え、また復活した。送電が不安定な様子だ。源田が怒鳴るように言う。

「ここじゃ埒《らち》が明きません。二階の通信室に行きましょう。そちらのほうが確実です！」

もっともな進言に高須は階段へと急ぐ。地下壕の分厚い扉を開けた瞬間、煙と火薬の匂いがなだれ込んで来た。

せき込みながら階段を駆け上がると、慌てた様子の兵曹長とすれ違った。海軍陸戦隊の一員だ。

「長官、地下壕へ戻ってください。便衣隊の連中が襲撃してきました！」

「なんと！　空襲ではないのか⁉」

「現地民の武装勢力が民間人に化け、この司令部を狙っているのです。軽機関銃と手榴弾で武装しています。侵入は阻んでいますが、勢力は未知数です！」

　高須は一瞬迷ったが、ここは我が身を省みず、命令伝達に専念しなければならない場面である。再び彼は歩を進め、通信室に駆け込んだ。

　そこはすでに戦場だった。守備に携わる陸戦隊員が窓を開け放ち、通りに向かってベルグマン式短機関銃を乱射している。窓外からは複数の爆発音が鳴り響いていた。

「源田、無電を頼む！　文面は任せるから、受領電を絶対にもらえ！」

　首席参謀に子細を丸投げした高須は、勇敢にも窓の下に滑り込み、防戦の指揮を執っている特務少尉に戦況を問いただす。

「敵はどれくらいの数だ？」

「五〇人前後でしょう。すぐとなりに中華街がありますから、たぶんそこに隠れていた華僑の連中かと！」

　ラバウル航空艦隊司令部は市街の中央東寄りに位置していた。住民の疎開は半年前から始まっているが、内地への帰還をよしとせず、ラバウルに骨を埋める覚悟をした邦人も多い。

　同様に帰る場所のない朝鮮系や中華系の人間も若干名が残っている。

　もしや連中が武装蜂起したのか？　高須は一瞬だけ顔をあげ、外の通りを睨んだ。

　意外なものが直列に並べられていた。赤い発煙筒だ。数は五つ。鮮血めいた煙をたれ流しているのがひと目でわかった。

「まずい。あれは標的符丁だ。敵機を呼び寄せる気に違いない。ここが司令本部だとバレているぞ。どうにかして消させろ！」

我ながら無茶すぎる命令だと口にしてから後悔したが、現実はもっと無茶苦茶であった。

壁を揺るがしていた銃声が不意にやみ、それが悲鳴に変わった。それも女の絶叫だ。発しているのは便衣隊の連中らしい。

もういちど窓外を凝視する。そこには頼もしい味方がいた。かつて陸上軍艦とも呼ばれた鋼鉄の牛である。

八九式中戦車だ。数は三輌。

砲塔側面に描かれた軍艦旗は、それが陸軍ではなく、海軍に属する装甲車輌だと告げていた。

陸戦隊にとっては馴染みの戦車である。かつて第二次上海事変でも投入され、市街戦では存在感を発揮していた。

製造開始から一五年以上が経過しており、もはや対戦車戦では無価値な標的でしかない。だが、歩兵が相手なら投入すべき場面もある。もちろん軽装備のゲリラやパルチザン狩りにも有効だ。

主砲は短砲身の九〇式五七ミリ砲。榴弾が炸裂するたびに便衣隊が吹き飛び、九一式車載軽機関銃が唸ると血飛沫がそこかしこで舞い上がる。

最大の戦果は履帯《キャタピラ》で発煙筒を粉砕したことだ。路上を緋色に染めていたそれは、たちまち勢いを失った。上空からは、もう何も見えないだろう。

銃声が散発的になった。敵はここの制圧を諦め撤退したか、八九式中戦車に殲滅されたかだ。

吉報は続いた。源田首席参謀が電文を握りしめてやって来たのだ。

「長官、西飛行場と無線連絡がつきました。草鹿中将は、可及的速やかに陸攻隊を発進させるとのことです！」

まずはひと息つけるか。そう高須が考えた直後であった。面白くない騒音が天空から響き渡ったのである。

『敵機四！　超低空！』

屋上に特設された機銃陣地から急報が響いた。身構える暇さえ与えられず、砲噴の音が連打されていく。

そして高須は目撃した。殊勲の八九式中戦車の先頭車が被弾し、鉄の棺桶と化する瞬間を。

飛来した敵機は、B25〝ミッチェル〟中型爆撃機であった。


かつて東京初空襲を成功させたマシンである。今回はブナの特設滑走路を飛び立ち、ラバウル攻撃に参戦したのだ。

マッカーサーは占領後を鑑《かんが》み、ラバウル市街の被害を最小限に抑えたいと望んでいた。飛行場に空爆を集中させていた理由のひとつである。

しかし、日本軍の指揮系統は確実に潰したい。そこで現地民《ネイティブ》と華僑を金で雇い入れ、空襲の狭間に襲撃を企てたのだ。

五〇名程度の小部隊で敵司令部の完全制圧など無理だが、限定爆撃のマーカーを準備させることは可能だ。通路に目立つように発煙筒を並べさせ、襲撃の目印とすればよい。

今回投入されたミッチェルはニューフェイスのG型である。

通常の機銃のほか、機首に戦車なみの七五ミリ砲を装備したガンシップ・タイプだ。輸送船や潜水艦狩りに用いられるが、もちろん対地攻撃にも有効である。

また、B25は〝ツリートップ・レベル〟と呼ばれる超低空飛行が可能だった。

四機の攻撃隊は定刻どおりにラバウル市街に到達したが、肝心の発煙筒を発見できなかった。陸戦隊の八九式中戦車が突入した際、火が消えていたためだ。

そこでB25は生贄《いけにえ》に戦車を選んだ。ただ、それだけの話であった……。

時速二〇キロ前後しか発揮できない八九式中戦車に回避を求めるのは酷《こく》な話であったし、たった一七ミリの装甲に防御を期待するのは、もっと酷であった。

頭上の敵機は情け容赦のない砲撃と銃撃を繰り返し、残る二輌の八九式中戦車もたちまち火葬にしてしまった。

猛禽は好餌《こうじ》を満喫したのか、翼を翻して南下していった。機銃弾が撃ち上げられているが、じれったいほど当たらなかった。

通り魔のような敵機を睨みながら、高須は心に誓うのだった。

戦車隊の犠牲は絶対に無駄にはしない。一命を賭して、このラバウル要塞を死守してみせようと。

4　ビッグ・チャンス

——同日、午後二時四五分

艦載機で構成された空母飛行団《CVG》にとって、地上攻撃は味気なさを感じると同時に、楽な目標でもあった。

対艦攻撃こそ空母乗りの花形だが、敵艦隊は常に移動する。会敵予想海域に到達しても敵影を発見できず、虚しく帰投しなければならない場面も少なくない。

いっぽう地上目標は逃げない。先導機《パスファインダー》がヘマをやらかさない限り、無駄足の心配だけはない。逆から考えれば、必ず死線を潜る必要性が生じるわけだが……。

そして、この日この時——ラバウルへと進軍する第八四および第一九空母飛行団は、その中途にあるランドマークを通過中、想定外の標的と遭遇してしまったのである。

ラバウルへとひた走る攻撃隊は、スプルーアンス提督が命令したとおり、第五〇任務部隊の半数の勢力であった。

それでも艦戦八一、艦爆九四、艦攻五九が参加しており、総勢二三四機を数えた。たいがいの戦略拠点であれば一撃で粉砕可能だ。

発進させたのは、パウノール少将が指揮する空母第二群である。

正規空母〈レキシントンII〉〈サラトガII〉、軽空母〈ベロー・ウッド〉〈カウペンス〉〈モンテレー〉の艦載機だ。いずれも防空戦闘機と故障機を除き、全力出撃であった。

編隊は中間目標に定めているニューアイルランド島に接近しつつあった。過剰なまでに細長い島で、もっとも狭い場所は約五キロしかない。そこを通過すれば六〇キロでラバウルだ。

事前情報では、日本軍はニューアイルランド島に大した根拠地を持っていなかった。北端のカビエンに水上機基地があるが、規模も小さく、脅威対象ではない。

その認識は完全に誤っていた。

先導機として高度二五〇〇メートルの高みから編隊を導くアレクサンダー・ブラシウ中尉のF6F-3〝ヘルキャット〟戦闘機は、異様な群れを視野に捉えたのである。

「こちら第八四戦闘飛行隊《VF84》、ブラシウだ。いままさにニューアイルランド島を通過中だが、絶好の獲物を見つけた。

ジャップの一式陸攻《ベティ》が小さな飛行場から離陸中だ。数は……そうだな。四〇機から五〇機。もっとかもしれん。攻撃許可を強く要請する！」

ブラシウ中尉は〈サラトガⅡ〉の戦闘指揮所と直接連絡をとっていた。機載無線機の性能は日本製のそれとは段違いで、長距離の通信も楽にこなしている。

やがて母艦から返答があった。

『許可はできない。ニューアイルランド島に敵の飛行基地は存在しない。恐らく友軍機の見間違えであろう。計画どおりラバウルに進軍せよ』

他人事《ひとごと》のような航空管制士官のつれない返事にブラシウは怒りを爆発させるのだった。

「馬鹿を言うな！　手を伸ばせば届く間合いなんだぞ。絶対に敵機だ。翼のミートボールを確認した。アタックオンの指令さえもらえれば、七面鳥狩りパーティーができるのだ！」

ブラシウは第八四戦闘飛行隊の副隊長だったが、指揮官機が発進直前にエンジントラブルで飛べなくなり、急遽、指揮を任されていた。

まだ二五歳と若く、実戦経験は少ないが訓練時の成績は抜群であり、リーダーシップの素養にも秀でていた。

　不意に命じられた指揮官だが、ブラシウはこれを立身の好機だと捉えていた。彼の乗機を含め、二二機のＦ６Ｆを好きに操れるのだ。

　ここで戦果を稼げば、胸を張って故郷のインディアナに帰れる。ルーマニアからの移民だと馬鹿にした田舎者を見返してやれると。

　数秒後、〈サラトガⅡ〉からの正式回答が電波に乗ってやって来た。

『こちら、艦長のジョン・Ｊ・バレンタイン准将である。ブラシウ中尉に厳命。君が発見した飛行物体は脅威対象ではない。潰すべき相手はラバウルの各航空基地だ』

　エセックス型の〈サラトガⅡ〉には戦闘指揮所《CIC》が確保されている。ブリッジは副長に任せ、そちらに籠もる艦長も増えていた。

　バレンタインもそうだ。実質的な練習空母である〈ロング・アイランド〉艦長を務めあげ、次に〈サラトガⅡ〉を託された彼は、新司令部に居座っていた。

　なお、実戦経験は今回が初めてである。冒険的命令は出しにくい実状があるのだろう。

　だが、ブラシウは現実を叫ぶのだった。

「脅威対象ですよ！　相手は雷撃機です。空母がやられたら、どうするのですか！」

『こちらには防空戦闘機を四〇機は残してある。新型のＶＴ信管装備の対空弾も装填ずみだ。対応は充分に可能だと判断する。

　君は爆撃隊の護衛に専念せよ。ほかの敵機を攻撃してはならない。これは艦隊司令パウノール少将からの指示である』

　現場指揮官の意見を無視した頭ごなしの命令に

ブラシウ中尉は憤怒を覚えたものの、独断専行という道は選ばなかった。

「イエス・サー！　本職は敵機を黙殺し、以後は命令のみを忠実に履行します！」

　吐き捨てるように言ったブラシウは、一方的に通話を打ち切った。部下たちから攻撃を求める声が殺到したが、あえて無視した。

　ワンショット・ライターの群れは悠々と離陸し、徒党を組んで南東へと飛んで行く。撃墜王《エース》の名をほしいままにできるチャンスは、これで永遠に失われてしまった。

　せめて進軍方角だけでも通報しなければ。ブラシウが、そう考えた直後だった。

　上空二時方向に光が走ったのだ。

「戦闘機隊全機へ。ただちに増槽《ドロップタンク》を投棄せよ。零戦《ジーク》か隼《オスカー》が来たぞ！」

　それはラバウル東飛行場から出撃した零戦二二型であった。基地まで残り約二〇キロの地点で、攻撃隊は乱戦に巻き込まれたのである。

5　トーピドー・クライシス
——同日、午後四時三〇分

　マッカーサー率いる大上陸船団だが、書類上の正式名称は第四九任務部隊であった。

　略号フォーティ・ナイナーズ。かつては黄金を求めてカリフォルニアに殺到した金鉱掘りを指す単語だったが、今回は違う。彼らが欲しているのは血と戦果だった。

　だが、出血を強いていいのは、自らも血を流す覚悟のある者だけである。それが試される瞬間が、刻一刻と迫りつつあった。

その現実に気づいたのは、星条旗を掲げた軍艦ではなかったのだ……。

『こちら戦闘指揮所《CIC》。フレンチ・フラットトップから奇妙な連絡が入っております』

航海ブリッジへ届いた一報に、軽巡〈フェニックス〉の司令部には不穏な空気が流れた。

すぐさまノーブル艦長が問い返す。

「自由フランス海軍の機動部隊か。なんと言っているんだ？」

『レーダーに敵編隊らしき影を発見。北北西より急速接近中のもよう。警戒の要あり。以上！』

戸惑う表情を示したマッカーサー将軍に、キンケイド中将が言った。

「索敵と弾よけを兼ねて二時方向三五キロの海域を進軍させている部隊です。存在感をアピールしているつもりでしょうが、戦力としてはカウントしておりません。

ピケット・ラインに展開させている駆逐艦から通報がない以上、警報の信用度は低いでしょう」

マッカーサーが苦笑して言った。

「同盟国の艦隊なのに辛辣《しんらつ》だな。しかし、考えてみれば気の毒だ。本来ならヨーロッパ戦線で祖国フランス奪還に従事したかったろうに」

キンケイドもそれに応じる。

「アイゼンハワー将軍が指揮したラウンドアップ作戦は完敗に終わりました。彼らが参戦していたとしても、戦局は変えられなかったでしょう。

また、フランスの軍艦にフランスの国土を撃てと命じるのも残酷ですな」

余裕めいた会話を打破したのはノーブル艦長であった。

「待ってください。あの練習巡洋艦にはＳＫレーダーの新型が装備されています。アンテナを円形にした試作品です。実戦テストを兼ねての装備ですが、感度は〈フェニックス〉のそれを上回っているかもしれません。

　それに、連絡将校としてロシュフォート中佐が乗艦しているはず。彼は情報のプロだ。自信がなければ通報はさせないでしょう」

　怪訝な顔をしてから艦長がそこまで主張するのなら無視も

怪訝な顔をしてからキンケイドが言った。

「そうか。艦長がそこまで主張するのなら無視もできない。戦闘機指揮管制士官《FDO》に命令。Ｆ６Ｆを一八機ほどまわしてやれ」

＊

　ＳＫ‐２と仮称される新型対空捜索レーダーを駆使し、日本軍機を真っ先に発見したのは、自由フランス海軍の練習巡洋艦〈ノストラダムス〉であった。

　マルティニーク島で交渉と和議が成立し、本格的に連合軍へ参戦することになったフランス海軍の各艦艇は、合衆国東海岸で順次ドック入りし、装備品の新調が行われた。レーダーの増設も、そこで実施されていたのだ。

「友軍機が接近中。第四九任務部隊からです！」

　その一報に艦長イル・ド・ブルーメール大佐は明るい口調で告げた。

「よろしい。ムッシュ・マッカーサーは、まだ我らを忘れてはいない様子だね」

　航海艦橋に詰めていた連絡将校のジョセフ・Ｊ・ロシュフォート中佐が返した。

「軽巡〈フェニックス〉のノーブルは私の存在を知っています。きっと彼の口添えでしょう」

「理解者は常に頼もしき味方。そして、援軍の機体は新型のF6F。〈ベアルン〉を出撃した我らのF4Fと力を合わせれば、日本人を撃退できるであろう」

それに応じたのは居合わせた艦医であった。

「ノン。我らが襲撃される可能性は薄いかと」

マックス・ド・フォンブリューヌ少佐の断言に、ブルーメール艦長は静かに応じた。

「それもカビ臭い予言書の解釈で得た情報かね。だとすれば、聞く耳は持たんよ」

「医師であり予言者であるノストラダムスの名を頂戴した軍艦の艦長ならば、偉人に多少の敬意を払ってもよろしいのでは?」

ロシュフォートが横から口を挟む。

「日本機が来ないという推理を私も支持します。敵はラバウル上陸というマッカーサー将軍の狙いを熟知しているはずです。ならば上陸船団を襲撃するように厳命されているでしょう。我々の如き弱小艦隊など無視されますよ」

途端にブルーメール艦長は無念そうな顔を見せるのだった。

「自由フランス海軍の中核をなす部隊が弱小か。祖国を失うとは、本当に悲しいことだな」

ラバウル攻略戦に参戦したフランス機動部隊はそれなりの戦力で構成されてはいた。

旗艦の空母〈ベアルン〉に練習軽巡〈ジャンヌ・ダルク〉〈ノストラダムス〉、それを護衛するのは駆逐艦ル・ファンタスク型の〈ル・ファンタスク〉〈ル・トリオンファン〉〈ル・マラン〉〈ル・テリブル〉だ。

駆逐艦が四隻とは淋しい気もするが、いずれも基準排水量二五〇〇トン強と大振りであり、軽巡に近い。

司令長官は〈ベアルン〉に乗るゲルベ・ド・ラフォンド少将であった。

ヒトラーの傀儡《かいらい》政権であるヴィシー・フランス海軍で艦隊を率いていた彼には、カサブランカ沖海戦でアメリカ艦隊と砲火を交えた過去もある。

北アフリカ上陸を目論む連合軍を阻止せんと、フランス艦隊は弱兵ながらも出撃し、返り討ちに遭ったのだ。

その際、第二軽戦隊を率いていたのがラフォンド少将であった。乗艦していた軽巡〈プリモゲ〉が擱座《かくざ》すると総員に小銃を配布し、陸戦準備を命じたほどの闘将である。

アメリカは登用に難色を示したが、艦隊指揮を任せられる人材がほかにおらず、結局、ラフォンドが采配を揮うことになった。

与えられた任務は対潜哨戒だった。本隊のやや前方に位置し、待ち伏せている敵潜水艦を発見、攻撃するのが役割だ。

実際のところは、あまり足を引っ張らないよう離れていろというマッカーサーからの意思表示であった。

味方でありながら厄介物扱いをされていたフランス機動部隊だが、艦載機はそれなりに強力だ。〈ベアルン〉は旧式ながらも四〇機が搭載可能な中型空母なのだ。

現状は、艦戦F4F - 3を一八機、そして艦攻のTBD - 1を一二機積んでいた。つまり、旧式のワイルドキャットとデバステーターで三〇機だ。

機体も搭乗員も整備員もすべてアメリカからの借り物で、ラフォンドに実質的な指揮権などない。

しかし、彼は可能行動を模索し続け、日本編隊発見という成果をあげたのだった。

「敵機群を肉眼で捕捉！　一一時方向、距離一万二〇〇〇。高度二五〇〇！」

見張りからの通報に双眼鏡を向けたブルーメールたちだが、さすがに敵機の判別ができる間合いではない。

しかし、戦意旺盛な何かがそこに存在するのは確実だ。雲間に煌《きら》めくいくつかの閃光が、それを教えてくれた。

「旗艦〈ベアルン〉より命令。敵機は我が艦隊を発見していない公算が強し。すでに味方戦闘機との空戦に突入しており、同士討ちの危険を回避するため、対空砲火は別命あるまで厳禁」

ブルーメールはすぐさま命じた。

「機銃員へ。いまのうちに試射だけはしておけ。一発も撃たなかったのでは、あとでアメリカ人が激怒するだろうからな」

＊

アメリカ戦闘機の迎撃は覚悟していたが、予想以上に素早かった。電探を活用し、早期警戒網を構築しているのだろう。

一式陸攻二二型の指揮官機に乗り込む中村源三《なかむらげんぞう》少佐は、先鋒の零戦がグラマンとの乱戦に巻き込まれたのを確認するや、こう命じるのだった。

「全機へ。高度を下げろ。海面を這え！」

第七〇二海軍航空隊虎《とら》部隊の隊長を務める彼は、中国戦線でも重慶爆撃などに参加したベテラン中のベテランであり、戦場の空気を嗅ぎ分ける感覚に秀でていた。

彼の機体が低空へ向かうと、たちまち配下の三九機も行動をともにする。後続する別動隊も同様の動きをするはずだ。

マッカーサーの首を頂戴せんと飛翔した一式陸攻は総計一九八機だ。空爆で四二機が失われたが、必要経費と断念するしかない。

攻撃隊は約四〇機ずつ五つの集団に分かれ、全速で南下していた。

七〇二空だけではない。第七五一海軍航空隊も総力出撃を実施していた。

ラバウルの陸攻隊が徒党を組んで大規模攻撃を実施するのは、これが最後になるはずだ。中村はそう覚悟していた。

ならば、悔いのないようにしなければ。絶対に敵輸送船団に肉薄しなければ。少しばかり戦運が味方してくれれば、それも可能だ。

実のところ、発進時がいちばん危うかった。ナマタナイ仮設飛行場から飛び上がり、編隊を組もうとしているとき、遠方に敵機群を発見したのだ。

襲われれば、ひとたまりもなかった。しかし、敵はこちらに気づかなかったのか、ラバウル方面へと進軍していった。まさしく九死に一生を得た場面であった。

神仏の加護が継続することだけを祈りつつ、中村少佐は操縦士に速度をあげさせた。

今回の出撃における主目的は揚陸艦の打破だ。歩兵を積んだフネを上陸前に撃沈する。ラバウル占領を阻止するには最善の策である。

魚雷を抱く雷撃隊としては、できれば敵空母を屠りたいが、命令とあれば仕方なかった。

実際のところ、中村はフランス機動部隊も上空から確認していた。

だが、護衛艦が六隻しか存在しなかったため、空母とは判定できなかったのだ。油槽船の公算高しと考えた中村は、結果として攻撃を見送ったのである。

空戦は継続されていた。グラマンは護衛戦闘機との混戦に巻き込まれ、接近できたのはごく少数にとどまっていた。

護衛の零戦は六一機。これはトベラ飛行場に残されていた第二五三空の全力に近かった。敵の数から判断し、それだけでは心許なかったが、ありがたいことに陸軍機も加勢してくれた。

一式戦闘機二型こと隼《はやぶさ》が四二機も護衛に従事してくれていたのだ。

陸軍飛行隊はニューギニア戦線に第六および第七飛行師団を配置しており、昭和一八年七月にそれらを束ねる形で第四航空軍を編成していた。司令部もまたラバウルに置かれ、寺本熊市《てらもとくまいち》中将が指揮を執っている。

根拠地は南および西飛行場だ。そこから飛翔してきた隼は、慣れない洋上飛行をこなしつつ進軍を続け、ここに敵機と渡り合っている。

副偵察員が大声で叫んだ。

「真正面に敵艦が見えますッ！」

見間違いではなかった。晴れた水平線の彼方に艦影が見える。ひとつやふたつではない。暴力的なまでの数だ。

接近するにつれ、全貌が見えてきた。海面を埋め尽くす勢いの大船団である。

戦艦、護衛空母、重巡軽巡に駆逐艦。大型空母の艦影だけは見えないが、呆れるほどの軍勢だ。富める国とは、これほどまでに凄まじいのか。

「全機へ達する。全軍突撃せよ！」

そのときだ。横殴りの豪雨のような対空砲火が開始された。

殺意を秘めた石礫《せきれい》が眼前で弾け飛ぶ。

列機が二機、翼をちぎられて落下した。だが、怯《ひる》むわけにはいかない
「標的を視認。船団の中央部に群れている平たいフネだ！　小型空母でも油槽船でもない。あれが揚陸艦だ！」

艦橋も煙突もないため、遠目には軍艦とは思えない。速度も遅い。しかし、圧倒的なまでに頭数が多かった。

これでは二隻や三隻、沈めても意味など薄いのではあるまいか。持たざる国は持つ国に永久にかなわないのだろうか。

死線を前にして、別の意味で絶望的な気分へと追いやられた中村少佐だが、悩み患う時間はごくわずかだった。

相対距離が一五〇〇メートルを割り込んだのだ。事実上の射程距離だが、できれば一〇〇〇メートルを切った段階で発射したい。間合いと命中率は正比例するのだから。

現在、高度は約五メートル。最終局面に達したと判断した中村は、ここで機体を三〇メートルまで上昇させた。高速かつ低空で魚雷を発射すると、海面でバウンドしてしまう。

そして距離九〇〇。もう限界だ。

中村は攻撃命令を下した。

「いいぞ！　いまだ！　雷撃開始！」

途端に、憑き物が落ちたかのように機体と気分が楽になった。

引力に導かれて落下していったのは九一式航空魚雷改三型だ。高速で投弾しても破裂しないよう

頭部が強化されたタイプである。

　時速四三〇キロにまでスピードをあげ、旋回しつつ脱出を図る。

　至近弾に脅えながら駆逐艦の上を突破した瞬間、朱色の塊が視界の隅に見えた。

「命中！　命中しましたッ！」

＊

「ＬＳＴ‐26に敵魚雷命中！」

　悪しき通達にマッカーサーとキンケイドの表情は明瞭に歪んだ。

　敵機来襲近しの報に、彼らは〈フェニックス〉の戦闘指揮所《ＣＩＣ》に籠もっていた。ノーブル艦長が入れ替わる格好でブリッジに戻っている。

　そして、二人が顔をしかめるのはそれが最後ではなかった。護衛駆逐艦から悲報が相次いだのだ。

「ＤＤ‐515〈アンソニー〉より通達。敵機は戦闘艦ではなく、戦車揚陸艦《ＬＳＴ》を集中攻撃しているもよう！　すでに一隻の轟沈を確認。二隻大破。現在の撃墜数《スコア》は一〇機前後！」

　しばしの沈黙のあと、マッカーサーが訊ねた。

「防空戦はうまくいっていないのかね」

　キンケイドも硬い表情を崩そうとはしなかった。それが現実に肉薄していると理解していたからである。

　第四九任務部隊の対空戦闘が不首尾に終わったのには、いくつかの理由があった。

　まずは、日本の空襲部隊が想定外に大軍であったことがあげられよう。

　本来なら空爆で滑走路ごと潰し、反攻そのものを不可能にしておかなければならないが、敵は掩体壕や軍用機の疎開で急場をしのいだのだ。

次に旗艦設定のミスがあげられよう。軽巡〈フェニックス〉は個艦単位では申し分のない戦力であったが、洪水のように乱入する情報を完璧にさばくには手狭すぎた。

また、護衛戦闘機に対する指示も不充分だった。新型の正規空母さえいれば戦闘機指揮管制士官《FDO》による誘導が可能だったが、小型空母にその役目を完璧に担わせるのは酷な話であった。

戦闘機の数は、いちおう揃っている。

護衛空母〈サンガモン〉〈スワニー〉〈シェナンゴ〉〈サンティー〉には各一二機、そして〈カサブランカ〉〈アンツィオ〉〈コレヒドール〉には各一八機のＦ６ＦもしくはＦ４Ｆが搭載されていた。

戦闘指揮所を完備している空母もあったが、それを扱う士官の質と量は満足できる域に達してはいない。結果として誘導が間に合わず、迎撃は出たとこ勝負に近くなってしまった。

対空砲火も思ったほど効果は得られていない。

キンケイドが期待を寄せていたＶＴ信管だが、喧伝《けんでん》されているレベルの力は発揮できなかった。

これは技術的な及第点に到達していなかったという意味ではない。むしろ逆である。それは武器の域を超え、芸術品の域にまで達していた。

理論は簡単だ。砲弾からドーナツ状に電波を発し、その位相差を利用し、敵機の一五メートル内外に接近したと判断されると起爆する仕掛けである。

しかし、実現は平坦な道程ではなかった。特に弾頭の電波送受信機が最難関だった。

発射のショックへの耐久性を持たせるだけでなく、一二・七センチ砲弾に格納可能なようにダウンサイジングを実現しなければならない。しかも、大量生産が可能な単価に抑える必要もあった。

すべてを乗り越えるには合衆国の底力をもってしても時間が足りなかった。開発と量産化にこそ成功したが、全艦艇に行き渡らせるには、あと半年は必要だった。

完成分はスプルーアンスの空母機動部隊に優先配備されたため、マッカーサーの艦隊に提供されたVT信管装備の砲弾は、必要量の二割にも満たなかった。

これらの負の連鎖は瘧《おこり》となって第四九任務部隊《フォーティナイナーズ》に襲いかかってきたのだ。

「将軍、まだ暫定ですが、被害情報のレポートがまとまりました。よくありませんな」

キンケイドの声は暗く沈んでいた。

「やはりジャップは戦闘艦艇ではなく、揚陸艦に標的を移しております。LSTが五隻沈没、六隻大破、五隻が中破。ほかに駆逐艦一隻が大破、二隻中破を確認。現在、艦隊の輪形陣を再構築しつつあります」

背筋に冷たい何かが流れるのを感じるマッカーサーであった。

艦隊に配備されているLST-1型は七八隻。その二〇パーセントが撃破されただと？　約三〇〇〇名の歩兵が海に投げ出されただと？

「なにか気分がよくなるニュースはないかね」

「敵にも代償を支払わせました。撃墜確実は三九機、撃破は五〇機以上。もう大規模な空襲は警戒せずともよいでしょう。悪夢は終わったのです」

にこりともせずにマッカーサーはそれを聞き流すと、反論を始めるのだった。

「フィリピンの経験でわかるが、日本人は無慈悲でしつこい。簡単に攻撃を諦めたりはしないだろうな。大規模でなくとも、小規模な空襲は覚悟しなければ」

マッカーサーの独白は現実化してしまった。

夕刻から深夜にかけて生き残りの一式陸攻は少数ずつのグループに分かれ、第四九任務部隊を襲撃し続けたのである。

さすがに夜襲ともなれば命中弾は少なく、船団の実害こそ少なかったが、上陸をひかえた歩兵に押し寄せる精神的負担は大きかった。

これは、翌日以降の陸戦においてボディブローのような悪影響を与えることになる……。

6　トワイライト・ゾーン

——同日、午後五時三〇分

第五〇任務部隊・第二群の旗艦〈サラトガⅡ〉は帰投した艦載機の収容に大わらわであった。

死線を潜り抜けた機体が着艦するたびに、待ち構えていた整備員から歓声と拍手が起こる。

いままさに脚部を破損したＳＢ２Ｃ〝ヘルダイバー〟が飛行甲板に滑り込んできた。あらかじめ準備しておいたネット状の滑走制止装置《バリケード》で勢いを殺し、どうやら不時着に成功したが、機体は大破したようだ。二名の搭乗員が無事だったのは不幸中の幸いだった。

「少ないな。半分強しか帰って来ないぞ」

夕間暮れの防空指揮所でチャールズ・Ａ・パウ

ノール少将が呟いた。

「楽観的にいきましょう。きっとスプルーアンス中将の空母艦隊に収容されているのです。我らは第一群より九〇キロも北にいます。ラバウルからは、そちらが近いですし」

そう応じたのは参謀長のアーサー・C・デイビス少将であった。

ガダルカナル争奪戦では〈エンタープライズ〉の艦長をこなし、大西洋艦隊勤務を経て、再び太平洋に舞い戻った男である。

場違いなまでの明るい声に、パウノールは違和感さえ覚えた。これほど深刻な戦況であるのに、どうしてここまで溌剌《はつらつ》とできるのだ？

故ハルゼー提督を見ればわかるように、上役が醸し出す雰囲気は部下に伝染し、それは戦力へと直結する。

デイビスはそれを承知しており、陰気なパウノールの補佐としては明朗に振る舞うのがベターだと判断していたわけだが、第二群を率いる司令長官にはうまく伝わっていなかった。

「リラックスはできないよ。帰投したブラシウの報告によれば、空爆の効果は不充分だった。明日も攻撃隊をラバウルに出さなければなるまい」

たしかにレポートに芳しい結果は記されていなかった。北飛行場と東飛行場、そしてラバウル市街への空爆を実施したが、いずれの目標も完全破壊には到っていない。

デイビス少将は、なおも笑みを浮かべて言う。

「対艦攻撃と違って地上爆撃は戦果が確認しにくいですからね。しかし、市街中央部は大火災が生じているとのことです。上陸部隊の突入は楽になるでしょう」

「マッカーサー将軍はラバウル市街に軍政を敷くお考えだったが、建造物がすべて焼け落ちたのではそれもかなわないぞ。また嫌味を言われなければいいが。

将軍の第四九任務部隊は一式陸攻《ベティ》の大編隊に強襲されたそうではないか。あれはブラシウ中尉の報告にあった機体のようだな」

戦場にもしも《IF》は禁句だが、F6Fに迎撃許可を出していれば、陸軍に恩が売れたかもしれない。パウノールは自分の決断を悔いるのだった。

そのときだった。艦長のジョン・J・バレンタイン准将が姿を見せた。

「司令、あと二〇分で日没です。薄暮攻撃の可能性は残りますが、規模は小さいはず。予定どおり直衛任務のF6Fを着艦させ、北東へ避退したいと思いますが」

艦隊上空には一八機のF6Fが空襲に備え、待機しているが、不定期に帰艦する攻撃隊の収容が優先されるため、ローテーションは乱れていた。燃料も心許ない。バレンタイン艦長としては、早く着艦させてやりたいのだろう。

だがパウノール少将は、ここで冷酷かつ現実的な決断を下すのだった。

「駄目だ。日没後まで直衛は継続させるように。我らは今日一日無事だった。それを完璧なものにしようではないか。輪形陣も密にせよと、全艦に伝達したまえ」

このとき第五〇任務部隊第二群は二つの輪形陣を形成していた。

先を進むのは、正規空母〈レキシントンII〉〈サラトガII〉を軽巡〈クリーブランド〉〈バーミンガム〉および駆逐艦七隻で囲む部隊だ。

後続に、軽空母〈ベロー・ウッド〉〈カウペンス〉〈モンテレー〉を重巡〈インディアナポリス〉、軽巡〈モントピーリア〉、そして駆逐艦六隻で取り巻くグループが続く。

互いの距離は一五キロだ。空襲の際には〈サラトガII〉が防空戦闘機を一括管理する。そのための訓練も事前に終えていた。

しかし、問題も生じていた。第一群との距離だ。事前の打ち合わせでは三〇キロ内外を保つべしとされていた。互いの戦闘機を融通するためにはそれがベストだが、現状は九〇キロ以上である。

この間合いには、スプルーアンス提督の意志が介在していた。

ミッドウェーを戦い抜いた彼は、日本空母が全滅した理由のひとつに、過度の集中があると考えていた。空母をひとつの艦隊に集中すれば破壊力は桁違いとなるが、発見された場合は痛い。母艦全滅の惨事さえ招きかねない。

艦載機収容にかこつけて南下していれば、状況は変わっていただろう。自らを呪うパウノールに凶報がもたらされたのは、その直後だった。

「ピケット駆逐艦〈コットン〉より至急電。SC型対空レーダーに反応あり。東方より敵機編隊が急速接近中！」

途端に〈サラトガII〉首脳陣は色めきだった。

フレッチャー型の新鋭駆逐艦には、すでに対空警戒レーダーが導入されているフネもあり、それらは単独で艦隊前方に派遣され、ピケットラインを形成していた。

DD-669〈コットン〉も、その一隻だ。

すぐに彼女は続報を送ってきた。

『本艦は日本海軍機の攻撃を受けた。命中魚雷一、艦尾大破。航行不能！』

　子細を問い合わせようとしたが、無電は切れてしまった。通信アンテナをやられたのか、それとも撃沈されたのか。

「七〇キロも先にいた〈コットン〉が魚雷でやられるとは驚きだ。ヤマモトは何を考えている？」

　空母戦にも一定の理解があるパウノールは疑念を抱いた。

　航空魚雷は高価な兵器だ。空母や戦艦ならともかく、いきなり駆逐艦に叩きつけるだろうか？

　脳裏で警戒度のレベルが一気に上がった。パウノールは流れるような口調で命じる。

「艦隊全艦に通達だ。最高級の対空警戒を準備。全火器に射撃許可を与える。攻撃隊の収容作業は一時中断し、Ｆ６Ｆの発進を最優先させよ。スプルーアンス中将にも応援を頼め！」


　このときパウノールが下した決断は、彼の軍人人生のなかで最良のものであった。

　第二群はいちおうの戦闘準備を調えたのち、敵機を迎え撃つことができたのだから。

　もっとも、多少の工夫や決意で状況を逆転させることなど、最初から無理な話であった。日本空母を飛翔した攻撃隊は、とある野望を秘めたまま、計画的な破壊行動に勤しんだのである。

　空襲は午後五時五八分から開始された。

　零戦二二型五九機、彗星《すいせい》艦爆五三機、天山《てんざん》艦攻三五機、九七艦攻一八機、九九艦爆八機。総計で一七三機の大編隊である。

　これらが三波に分割され、一五分の間隔でパウノール艦隊を襲った。

　アメリカ機動部隊のシステマティックに徹した

対空戦闘は、なるほど効果的だった。
戦闘指揮所《CIC》に籠もる戦闘機指揮管制士官《FDO》たちはF6Fを的確に誘導したし、優先配備されたVT信管装備の対空砲火は凄まじかった。輪形陣は美しくかつ堅牢で、アーティスティックと評しても異論は出ないレベルだった。

結果として、四割弱の日本海軍機が撃墜もしくは撃破されたが、パウノール艦隊もダメージを頂戴するはめになった。日本海軍機の狙いが意外かつ的確であったため、対応が遅れたのだ。

敵の第一波は正規空母を無視し、あえて軽空母の輪形陣を襲った。それも最後尾の駆逐艦三隻を集中攻撃したのだ。

いずれもフレッチャー型の新鋭であり、基準排水量二一〇〇トンと駆逐艦としては大柄ながら、防御装甲に革命的な進化があったわけではない。特殊処理鋼《STS》を多用するなど、被弾にも気を配ってはいるが、殴られ強い駆逐艦など太平洋には浮いていないのだ。

天山艦攻と、やや旧式化していた九七艦攻は、一本あたり二万円強の九一式航空魚雷を惜しげもなく投擲《とうてき》した。彗星艦爆は、急降下爆撃で確実に沈められる相手を狙う。

DD-668〈クラレンス・K・ブロンソン〉がそれを受けて沈み、DD-672〈ヒーリィ〉は直撃弾二発を受け航行不能に、そしてDD-670〈ドーチ〉は至近弾で多数の戦死者を出してしまった。

それ自体は最低限の犠牲だと割り切れようが、輪形陣に大穴があいたのは痛手であった。

パウノールも危機を悟り、艦隊組み直しを指示したものの、第二波襲来のほうが先だった。

護衛の重巡〈インディアナポリス〉と軽巡〈モントピーリア〉が体を張って撃ちまくり、残る三隻の駆逐艦も力添えをしたが、穴かがりは間に合わなかった。

そして、〈ベロー・ウッド〉の飛行甲板に火柱が生じた。犯人は新鋭艦爆の彗星一一型である。

抱えた二式五〇番通常爆弾一型は、九九艦爆が搭載していた二五〇キロ爆弾の倍もあった。それが落下してきたのだからたまらない。

もし〈ベロー・ウッド〉に高角砲が装備されていれば、直上から飛来する彗星艦爆を撃破できた可能性は高まったろう。

残念ながらインデペンデンス型空母に準備された対空火器は、四〇ミリ連装機関砲八基一六門と二〇ミリ単装機銃一六挺のみだ。船体のサイズを考えれば仕方ないが、明らかに火力不足だった。

防御も満足できるものではなかった。

所詮はクリーブランド型軽巡洋艦の船体を空母に改造したものであり、装甲は薄い。

加えて〈ベロー・ウッド〉には設計上の弱点があった。魚雷調整庫のレイアウトだ。艦載機格納庫に隣接せねばならず、飛行甲板寄りに配置されたが、対弾装甲は不充分だった。重量がかさむと転覆の危険が生じるためである。

悪条件が重なった結果、〈ベロー・ウッド〉は死刑を言い渡された。

後部エレベータを貫き、格納庫で炸裂した敵弾の炎は、すぐ魚雷調整庫にまで燃え盛り、大爆発を起こしたのである。

たちまち〈ベロー・ウッド〉は洋上を漂う活火山へとなり果てた。消火など不可能なのはひと目でわかるレベルだ。

惨劇は同型艦〈カウペンス〉にも押し寄せた。雷撃隊を主軸に構成された第三波が、この軽空母を集中攻撃した。

　母体が軽巡であり、旋回性能は非常に良好だ。三二ノットという高速を生かし、八本以上の魚雷を回避したのには合格点を与えるべきであろう。

　しかしながら、一本の命中魚雷が〈カウペンス〉の命脈を奪った。艦尾に突き刺さった一撃で、四本の推進軸が全部へし折られてしまったのだ。

　基準排水量一万一〇〇〇トンの空母は漂流する鉄塊に凋落した。空母〈瑞鶴〉を出撃した新型の天山艦攻一一型が、ほぼ全滅と引き換えに得た戦果であった。

　薄暮攻撃は唐突に終焉を迎えた。

　夜襲を警戒したパウノール少将は、〈ベロー・ウッド〉を魚雷で処分するよう命じた。燃え盛るフネは敵機を引き寄せる誘蛾灯の役目しか果たせないからである。

　また、重巡〈インディアナポリス〉に大破した〈カウペンス〉を曳航して、サヴォ島へ向かえとも指示した。航行不能ながら浸水が食い止められたため、修理可能と判断されたのだ。

　必死で陣形を組み直すパウノール艦隊だったが、日本軍はその夜、襲っては来なかった。

　悪夢は終わったのだろうか？

　否、終わらなかった。始まったばかりだった。

　ラバウル要塞という地獄は、煮えたぎる魔女の大釜を大きく開き、マッカーサーたちを待ち受けていたのである……。

第5章
ラバウル燃ゆ

1　空母一〇隻
——一九四三年一二月六日

将を射んと欲すれば先《ま》ず馬を射よ。

その故事成句こそ、小澤空母部隊が敵艦隊空襲に際し、金科玉条とした基本理念だった。

発案者は第三艦隊航空参謀の樋端久利雄中佐である。戦前から全空母を集中活用すべしと持論を唱え、機動部隊の骨子を発案していた彼は、連合艦隊航空甲参謀を経て、小澤治三郎中将の補佐役に収まっていた。

自らも操縦桿を握る樋端は冷徹な眼差しで過去の対艦戦闘記録を検分し、また搭乗員から直接話も聞き、結論を下した。

もはや過去の襲撃戦術は通用しないと。

海戦における優先攻撃目標は敵大型空母だが、十重二十重《とえはたえ》の防御網を突っ切り、一気に天守閣を攻め落とすのは無茶な相談だ。超遠距離から発射できる自律型誘導弾でもあれば別だが、ドイツでもまだそんな兵器は完成していまい。

可能行動としては、まず外堀を埋めることだ。輪形陣の外周を攻め落とし、防御を弱体化させてから本丸を攻めればよい。

だが、理知的かつ現実的な樋端でさえ見落としはあった。米空母艦隊の防空能力は想定外なまでに強化されていたのだ。

馬ばたしかに射た。しかし、肝心の将を射る矢が半減していたのだ……。

＊

攻撃隊の帰投は日没後となった。

小澤艦隊はニューハノーバー島の北端に占位している。この島はビスマルク諸島の最北にあり、細長いニューアイルランド島の海岸線沿いに飛べば、嫌でも見えてくる。

もちろん、帰艦する艦載機の負担を減らす策だ。大海原では母艦を発見できず、無意味に自爆する味方機も多い。

ラバウルさえ無事ならば地上飛行場に着陸させればよいが、連合軍が最大の破壊目標としているのだ。機能は喪失している公算が大きい。

また、飛行隊はいちど分散すれば集結が困難であり、明日以降の戦いに悪影響が出る。

小澤治三郎は母艦帰投命令を徹底させていた。万一の場合には、危険を顧《かえり》みず着陸誘導灯を点灯するので、絶対に生還せよと。

機動部隊そのものを危機に直面させるリスクはあった。夜間空襲や敵潜には絶好の目印だ。

しかし、小澤中将はあえて虎の尾を踏む決断を下したのである。

すべては勝利のために……。

「長官、現時点までの戦果報告です。インデペンデンス型小型空母二隻を大破。駆逐艦一隻撃沈、同一隻を大破。撃墜した敵機は二〇機以上。まずまずの成績だと考えてよいでしょう」

旗艦〈翔鶴〉の航海艦橋に樋端の声が流れたが、第三艦隊を仕切る小澤治三郎中将は表情を変えなかった。

「代償が大きすぎたな」

沈鬱な一言に場は静まり返った。それが隠しようのない現実だったからだ。

第一次攻撃隊一七三機のうち、現在帰投したのは七九機のみ。損耗率は五五パーセントを超えている。被弾し、修理不能と判断された機体を差し引けば、数字はより悪化する。

特に艦攻の損害が大きかった。中島飛行機が開発した天山は九七艦攻の後継機で、雷撃機でありながら時速四八〇キロ超を出せるマシンだが、帰還率は四割にも満たない。

「零戦が足りなかったか。やはり爆戦を準備したほうがよかったのではないかね」

小澤の言う爆戦とは、零戦二一型に二五〇キロ爆弾を装着した爆装零戦を指している。

小型空母でも運用しやすいため、艦隊への導入を希望する声も強かった。

それを阻止したのが樋端中佐であった。航空作戦に関し、山本長官から実質的なフリーハンドを許されていた彼は、爆戦導入を拒絶したのである。

「あれは対地攻撃用の戦闘爆撃機と割り切るべきです。緩降下爆撃しかできない機など、対艦攻撃では七面鳥も同然。敵艦に取りつく前に叩き落とされます」

樋端の答えに小澤は返した。

「それこそ、訓練でどうにかならなかったか」

「合理主義の権化と戦う場合、根性論は毒にしかなりません。戦闘機乗りに対艦攻撃を教育するにせよ、艦爆搭乗員に空戦を詰め込むにせよ、虻蜂《あぶはち》取らずで終わったでしょう」

呼吸を整えてから、樋端は力強い調子で続ける。

「第一次攻撃隊の被害は甚大です。しかし、私は全滅も覚悟しておりました。半分帰ってきただけでも重畳《ちょうじょう》。そして無念ですが、あと一〇分ほどで収容作業を打ち切りたいと思います」

小澤は時計を見た。針は一九時四五分を指している。出撃時から逆算すれば、増槽をつけたままだとしても飛行可能時間を超える頃合いだ。

「着艦灯を消すのは、もう三〇分だけ待て。零戦にはクルシー無線帰投方位測定装置が実装されていたな。回収用の電波も出してやるんだ」

すぐさま樋端が声をあげる。

「それは危険です。敵潜をおびき寄せる危険性が高いと判断します」

「搭乗員に九死に一生の難事を押しつけ、こちらだけ安穏としていられるか。腹をくくらなければ、部下はついてこないぞ」

覚悟を披露した小澤であったが、実際のところ敵潜出没の危険性は僅少であった。米太平洋艦隊は潜水艦隊の活動方針を一新し、通商破壊戦へと舵を切っていたのである。

枢軸側の日本海軍は潜水艦を艦隊決戦の補助戦力として位置づけ、またドイツ海軍はUボートを商船狩りに大々的に投入している。

そしてアメリカは、贅沢にもその両方を潜水艦行動指針に採用していた。富豪国のみに許された物量作戦である。

しかしながら山本五十六暗殺の失敗後、太平洋艦隊の発言力は地に落ちていた。

いっぽうの南西太平洋軍は我が世の春を謳歌し、潜水艦運用にも大っぴらに口を挟むようになった。

ニミッツ大将が潜水艦畑出身であることも逆効果に機能してしまった。

　ラバウル攻略を欲するマッカーサー将軍は、その防御力が日増しに増強されている現実を把握していた。

　よって補給路の切断は焦眉の急である。潜水艦はそのためだけに投入されるべきだ。軍艦を狙う暇があるなら、ローリスク・ハイリターンの輸送船団を叩くのが最善である。

　それ自体は間違った判断ではないが、実戦では誤算が生じた。日本軍は敵の動きを予測し、一定の対策を講じていたのだ。

　ラバウル要塞化を図る彼らは洋上補給路を死守せんと、対潜活動に力を入れていた。特に機雷の敷設には一切の手抜きがなかった。

　投入されたのは敷設艦隊だ。〈常盤《ときわ》〉〈厳島《いつくしま》〉〈八重山《やえやま》〉〈沖島《おきのしま》〉〈津軽《つがる》〉など新旧入り交じった敷設艦がビスマルク海に集い、機雷原と防潜網を展開した。

　特に日本海海戦からの老朽艦〈常盤〉は、九〇〇〇トンの船体を生かして五〇〇個以上の機雷を一気に運搬し、数隻の米潜を屠っている。

　これに加え、やや旧式化しつつあった九七艦攻を対潜機として四六時中飛ばし、哨戒任務に従事させていた。もちろん船団には駆逐艦と駆潜艇、そして護衛空母が多数ついている。

　それでも太平洋艦隊潜水艦部隊は意地を見せ、商船改造空母の〈大鷹《たいよう》〉〈沖鷹《ちゅうよう》〉などを撃沈する戦果をあげたものの、交通路を麻痺させるまでには到らなかった。

　逆に一二隻の潜水艦を沈められ、ラバウル沖は人間の缶詰の墓場となった。

アメリカン・サブマリナーたちは、この海域に熟練の潜水艦ハンターがいると信じ込み、〝ビスマルク・ピート〟と名づけ、恐れ戦《おのの》いた。

太平洋艦隊潜水艦部隊司令官チャールズ・A・ロックウッド中将は、喪失数のグラフが急カーブを描いて上昇した責任を取り、職を辞した。

彼の慰留に失敗したニミッツは、人材の枯渇を痛感し、より作戦を単純化すべきだと判断した。

太平洋艦隊司令長官はソロモン海への集中投入を諦め、潜水艦の活動範囲を広げよと命じたのである。

具体的には、日本本土からトラック環礁へ向かう航路が新たなステージとなった。また、台湾やフィリピンを経由する東シナ海にもかなりの数が投入された。

いわゆる〝エンパイア・パトロール〟である。

自由裁量を潜水艦長に与え、守りの薄いポイントを衝いた結果、戦果はあがり、被害は減少した。

もちろん代償は請求された。ビスマルク海とソロモン海に投入された米潜水艦は一二月の段階で五隻にまで減少していたのだ。


日没前から対潜警戒を強化させていた小澤は、そうした敵側の事情を承知していなかった。

司令長官命令により決死の覚悟で帰投電波が発せられ、四機の零戦が帰投に成功した。いずれも第一次攻撃隊に参加した機体である。

そして、八時一五分に収容作業は打ち切られた。小澤艦隊は予定どおり北へと一時退避する。

敵機も敵潜も姿を見せなかった事実に勇気づけられたのか、樋端が言った。

「第二次攻撃に備え、ただちに攻撃隊の編成作業に入ります。帰投機の修理を徹夜でやらせますが、頭数が判明するのは夜半になるでしょう」

鬼瓦の形相で黙りこくった小澤に、航空参謀はなおも続ける。

「長官、こちらにはまだ一八〇機以上の艦載機が無傷で残っています。空母と航空戦艦を一〇隻も揃えた甲斐がありましたね。次回こそ大型空母を屠れましょう」

まだ小澤は返事をしなかった。樋端の発言に、真と偽を同時に見いだしていたためである。

第三艦隊は正規空母四隻、軽空母四隻、航空戦艦二隻を主力とする一大機動部隊であった。

真珠湾以来の歴戦艦〈翔鶴〉〈瑞鶴〉に、豪華客船を母体とする〈飛鷹〉〈隼鷹〉、小型ながら快速を誇る〈千代田《ちよだ》〉〈千歳《ちとせ》〉〈龍鳳《りゅうほう》〉〈瑞鳳〉に航空戦艦〈伊勢〉〈日向〉の面々である。

合計一〇隻。くしくもスプルーアンス艦隊のテン・コマンドキャリアーズと、数だけは同じだ。

第一次攻撃に投入されたのは甲部隊、すなわち翔鶴型二隻と伊勢型二隻の航空隊である。

なかでも戦果を稼いだのは第六三四航空隊の彗星艦爆であった。〈伊勢〉〈日向〉は、この艦爆を合計二八機載せていた。米空母〈ベロー・ウッド〉を撃破したのは、そのうちの一機だ。

この航空戦艦はミッドウェーの敗戦後、空母不足を補うために導入された歪《いびつ》な軍艦だった。六基の連装砲塔のうち艦尾の二基を撤去して、強引に航空設備を据えたのだ。

飛行甲板は七〇メートルしかなく、着艦は不可能だった。二基の射出機《カタパルト》で発進させ、別の空母に降りるわけである。

六〇秒ごとに一機という連続発進に、一式二号射出機一一型はよく耐えた。結果論ながら、敵空母撃破をなし遂げた以上、航空戦艦という兵器の実用性はいちおう証明されたと評せられよう。

なお、飛鷹型二隻と〈龍鳳〉で構成された乙部隊と、〈千代田〉〈千歳〉〈瑞鳳〉からなる丙部隊は兵力を温存していた。第二次攻撃隊が出撃する際には間違いなく主力となる。

問題は、その出撃のタイミングである。

夜襲を強行するか？

それとも明日にまわすか？

小澤治三郎はそれを決めかねていた。

「次回か。二文字の言葉だが、いまの私には重すぎるぞ。樋端くんは夜間雷撃を勧めてくれるが、搭乗員に負荷をかけすぎるのは好ましくない」

嘆き節のような小澤の言葉に、航空参謀は返すのだった。

「闇雲に命を棄てろと命じるわけではありません。我らの雷撃隊は夜襲訓練も充分に積んでおります。しかも敵には燃え盛る空母がいるのです。発見も容易でしょう。またアメリカ海軍は、現在に到るまで夜間艦上戦闘機を運用しておりません。介錯してやる好機かと」

「私の考えは違うぞ。スプルーアンスは慎重派の提督と聞いている。目立つ炎上艦など、さっさと駆逐艦の魚雷で処分しているだろう。

夜間戦闘機も確認されていないだけだ。すでに保有している可能性も否定できん。ここは力を温存し、第二次攻撃に一機でも多くまわすべきだ」

小澤の説に樋端も押し黙った。自らの意見が、希望的観測に基づくものだと気づいたのだ。

「山本長官は我らに『米空母全艦撃沈』を命じられた。これを実現するには、もはや一機たりとて浪費はできない。馬を射たのだ。次は将を射ねばならない」

有無を言わせない小澤の指示に、樋端も覚悟を決めたようだ。彼は脳内で急速に策を練ると言った。

「では、正攻法でいきます。彩雲《さいうん》を夜間偵察機として出撃させ、米空母隊との触接を保ちましょう。そして、夜明けを待って総攻撃をかける。この方針でいかがでしょうか」

「よろしい。空母戦の勝負は明日つける。たぶんスプルーアンスも同じ考えだろう」

航海艦橋が暗闇に包まれていることに、小澤は安堵を覚えていた。青ざめた表情を部下たちに目撃されずにすんだからだ。

明日は必ず敵機が来る。空襲に耐えられる自信などなかった。

護衛に高速戦艦〈金剛〉〈榛名〉、航空巡洋艦〈利根《とね》〉〈筑摩《ちくま》〉、新鋭軽巡〈阿賀野〉〈能代《のしろ》〉など日本海軍を代表する水上戦力が随伴しているが、アメリカ艦載機の暴風雨を前にして、どれだけの抵抗を示せるだろうか。

一〇隻の航空戦力のうち、二四時間後に浮いていられるのは何隻だろうか。明日は機動部隊の命日かもしれない。

そう考えた小澤の耳に、戦局の流転を伝える急報が飛び込んできた。

『こちら、ガゼル岬砲台。アメリカ戦艦部隊が急速接近中。発砲を確認しだい、反撃に移る！』

2　対地砲撃

――同日、午後一〇時三五分

要塞とは防衛拠点であると同時に、反撃の発起点たることも求められる。

攻撃は最大の防御。不抜の堅塁を自称するのであれば、遠距離《アウトレンジ》から敵軍を屠る兵器が必要となるだろう。したがって、要塞に巨砲は必須である。

旅順と青島《チンタオ》で苦渋を味わった日本陸海軍は、その考えを固守していた。だからこそ、ラバウル要塞には大口径砲が据えられていたのである。

ガゼル岬、南崎、西硫黄崎、北崎には対空陣地のほかに新型砲台が設置された。いずれも品薄のコンクリートを贅沢に使った厚さ三・五メートルの天蓋で覆われており、守りも堅い。

工事は極秘のうちに実施された。防諜の観点から華僑や朝鮮系の労働者は排除し、東京湾要塞の改修にも携わった経験者が招聘《しょうへい》され、専門チームのもとで建造が進められた。

連合軍も当然、ラバウルに要塞砲が存在する事実は把握しており、破壊目標に定めていた。

しかし、彼らはその実力をやや甘く見ていた。日本からラバウルは遠すぎる。大口径砲を設置する時間も能力もあるまい。せいぜい八〇ミリ程度の沿岸砲だろうと。

マッカーサーたちが信じた情報は、間違ってはいなかった。だが、アップデートが不充分だった。彼らは半年前のデータに基づき、攻勢を開始してしまったのである。

そのツケを支払わされる運命を背負った人物が、砲撃を開始しようとしていた……。

戦艦〈コロラド〉の夜戦艦橋《ナイトブリッジ》には無気味な静けさが訪れていた。

日本軍陣地との間には、まだキロ単位の距離が横たわっており、ここで怒鳴ろうと問題はないのだが、全員が戦場の気配に呑まれているのだ。

また、艦隊司令長官たるモートン・L・デイヨー少将は世辞にも明朗な性格ではない。醸し出されるダークな空気は、〈コロラド〉の前檣楼を包み込む勢いであった。

艦長のウィリアム・グラナット大佐は、こうした陰鬱な雰囲気が大の苦手であった。

これから勝利を得ようとしているのに、まるで葬式ではないか。ここは陽気な俺の出番だぞ。

「司令！　本艦は射撃準備を完了しました。いつでも撃てますぜ！」

四六歳のグラナットは、荒くれ者の多い駆逐艦勤務から身を起こし、今回初めて戦艦を任されていた。戦意は人一倍である。

「我らの艦隊は戦艦八隻。うち半数は真珠湾《パール》で騙し討ちに遭いましたが、こうして不死鳥《フェニックス》のように復活しました。さっさと巨砲をブチ込み、復讐をなし遂げたいもんですな！」

デイヨーは明朗快活なる人物ではなかったが、艦長の気遣いは理解できていた。

「よろしい。予定どおりに一万四〇〇〇で撃て。発射のタイミングはグラナット大佐に一任する」

これはグラナットにとって嬉しい命令だった。旗艦の発射までほかの戦艦は攻撃を手控える。言い換えれば、艦隊全艦の砲撃の指揮を委任されたも同然なのだ。

「イエス・サー。主砲全門で上陸予定沿岸を掃討しますぜ！」

「ひとつ確認したいが、主砲には榴弾を装填しているのだろうね」

「もちろんです。対地砲撃のエキスパートの助言ですからね」

三〇秒弱の間合いが流れ、射撃指揮所が最終通告を寄こしてきた。

『本艦、射程距離到達。攻撃開始に問題を認めず。発射命令を待つ』

デイヨーが小さく頷くのを見極めたグラナット艦長は、大声で命じるのだった。

「ファイアー！」

途端に基準排水量三万二五〇〇トンのボディがいななき、盛大に火弾を吐き出した。全八門をすべて用いた一斉射撃《サルボー》である。

対艦砲撃の場合、夾叉《きょうさ》が得られるまで斉射は自粛するものだが、対地砲撃なら遠慮は無用だ。

もともと夜間砲撃の照準は大ざっぱにしかならない。弾着観測に水上機のOS2U-3〝キングフィッシャー〟を飛ばしたいところだが、制空権はまだ掌握できていなかった。

ここは絨毯《じゅうたん》爆撃ならぬ絨毯艦砲射撃を実施し、物量で圧《お》すのがベストであろう。

すぐに六〇〇メートル後方から同型艦〈メリーランド〉も斉射を開始した。

この姉妹はアメリカ海軍初の四〇センチ砲搭載艦であり、二隻で一六発の四〇センチ砲弾が放たれたことになる。

「三番艦以降も順次発射を確認！」

旗艦に単縦陣で続くのは、六隻の三六センチ砲搭載艦であった。

順番に〈テネシー〉〈ニューメキシコ〉〈ミシシ

ッピー〉〈アイダホ〉〈ペンシルヴェニア〉〈ネヴァダ〉である。

その門数は合計実に七〇門！

砲弾の暴風雨が上陸予定海岸に襲いかかった。閃光と爆煙が一瞬、闇を切り裂き、一時的な白昼夢を演出する。

第四九任務部隊・第九群の水上砲戦部隊は、破壊の申し子たる道を邁進し始めたのだ――。


夜陰を衝いてラバウル要塞へ進軍するアメリカ戦艦群は、八隻とも旧式でありながら、まず納得できる戦闘単位だと評価できた。

そのうち半数の〈ネヴァダ〉〈メリーランド〉〈ペンシルヴェニア〉〈テネシー〉は真珠湾で損傷を受け、修繕を終えて戦列に復帰したところだ。彼女たちはリベンジの機会に燃えている。


たしかに足は遅い。二一ノットしか発揮できず、空母部隊との合流は無理だが、対地砲撃であれば価値を示せるだろう。

人事面でも太平洋艦隊は悪くない仕事をした。〈コロラド〉のグラナット艦長が言ったとおり、デイヨーは軍艦による対地砲撃の第一人者だ。

彼は北アフリカとフランスを艦載砲で盛大に叩いた経験を持っている。前者は駆逐艦の小口径砲だったが、後者は戦艦〈テキサス〉の三六センチ砲であった。

大失敗に終わったフランス上陸計画、いわゆるラウンドアップ作戦で唯一、気を吐いたのはデイヨーの率いる戦艦群だった。

その支援砲火でドイツ戦車隊二個大隊を殲滅していなければ、派遣軍の撤収は不首尾に終わっただろう。

功績が認められたデイヨーは准将から少将へと昇進し、太平洋戦線に姿を見せた。ラバウル攻撃に彼の技量と経験が必要だと、キンケイド提督が引き抜いたのだ。

デイヨーは、そのオファーに喜んで飛びつきはしなかった。

予定の休暇がキャンセルされたためではない。データを子細に検討した結果、フランスとは勝手が違いすぎると判断したからだった。

デイヨー艦隊は、ガゼル岬の沖合三〇〇〇メートルを北北西に一六ノットで進んでいた。

砲撃目標は南飛行場だ。南崎砲台とガゼル岬砲台の間に位置しており、侵攻兵団の最優先目標であった。上陸第一陣はその西側に上陸し、橋頭堡を確保したのち、海岸線沿いに北上するプランとなっている。

海図と偵察写真を精査したデイヨーは、シンプソン湾（日本名唐美《とうび》湾）には絶対に足を踏み入れぬよう厳命していた。機雷封鎖が予測されたためである。戦艦戦隊はその入口でUターンし、往復で海岸線を叩く計画であった。

着弾と同時に生じる爆発反応は凄まじかった。スカーレットとエメラルド・グリーンの煌めきが折り重なり、破壊の美学を現出していく。

グラナット艦長が興奮した口調で、

「砲撃の効果は絶大ですな。あれではジャップの陣地は蒸し焼きでしょう！」

と言うや、デイヨー少将が応じる。

「やはり榴弾を準備させて正解だった。徹甲弾は拠点打破にしか使えないからな。広域破壊には、焼夷効果の高い榴弾がベストだ」

開戦時、アメリカ戦艦は徹甲弾しか準備していなかったが、四三年一一月の段階では全艦に榴弾が準備されている。

これは北アフリカ上陸戦で得られた戦訓によるものだ。戦艦〈マサチューセッツ〉がヴィシー・フランス軍の地上砲台と殴り合ったが、徹甲弾では思ったような戦果が得られず、榴弾が再評価されたのである。

己の目でその過程を目撃していたデイヨーは、下した決断に満足していた。

「もはや戦艦は艦隊決戦に投入すべきマシンではない。敵陣を洋上から安価に叩ける大砲運搬船と割り切ったほうが利口だ。それでも空母と比較すれば高価につくが、あるものは何でも使わないと戦争には勝てん」

「なあに。本艦と〈メリーランド〉の榴弾は特注でしたが、三六センチ砲塔用のものは二〇年前の在庫品が大量にありましたぜ。ここでバーゲンセールといきましょう」

グラナット艦長が緊張感のない声で言った直後であった。見張りからの報告がブリッジを揺るがした。

『ガゼル岬に発射反応を確認！』

伝声管からの連絡にデイヨーが顔を歪める。

「固定砲台との撃ち合いは、照準精度で軍艦側が圧倒的に不利。できれば避けたかったが」

戦意を萎えさせる発言にグラナットは抗《あらが》おうとした。

「総員へ告ぐ。心配いらん。〈コロラド〉は戦艦だぞ。仮に重巡級の二〇センチや一五・五センチ砲が据えられていても、傷さえつかんよ」

その楽観論は水柱によって吹き飛ばされた。〈コロラド〉の前方九〇メートルの場所に屹立した海水の束は、巡洋艦や駆逐艦のそれとは段違いの高さだったのだ。

「いかん。ジャップは戦艦砲をラバウルへと持ち込んでいる」

デイヨーの冷静な指摘にグラナットは叫ぶ。

「そんな通達は受けていないぞ！　大型砲が存在するなら、本艦はもっと遠距離から砲撃を加えていたのに。こいつは情報部の怠慢だ！」

直後、目映い光が〈コロラド〉の周囲に突き刺さった。円形の光芒は無遠慮に夜の海をなでまわしている。

「艦長、犯人探しなど後にせよ。両用砲と副砲を総動員して、あの探照燈《サーチライト》を破壊させろ」

ラバウルにはそこかしこに対空探照燈が準備されている。もちろん、水面に向ければ水上監視用にも転用できる。そして、暗闇という得難いカバーを奪われた軍艦は存外に脆い。

改造時に副砲の一二・七センチ単装砲は一部が撤去されていたが、まだ片舷に四門ずつ残されていた。格段に増強されていた高角砲も火弾を陸地へと撃ちまくる。

探照燈はすぐ撃破されたが、同時に厄災もまた訪れた。先ほどの水柱が今度は火柱へと姿を変え、〈コロラド〉を襲ったのだ。

合衆国海軍が〝ビッグ・ファイブ〟と我褒《われぼ》めした四〇センチ砲搭載戦艦を、かつてないレベルの衝撃波が叩く。デイヨーとグラナット艦長の体は宙に浮き、壁面に叩きつけられた。

「艦尾被弾！」

グラナット艦長は体勢を立て直し、後方視界を確保した。

ない！　後部の籠マストが消えている。まさか被弾で吹き飛んでしまったのか!?

いや。それは錯覚だった。〈コロラド〉は開戦の半年前から近代化工事を受けており、後部の籠マストは約半分に切断されていたのだ。

少し安堵したグラナット艦長だが、贅沢が許されたのは数秒だった。すぐに最悪の報告が寄せられた。

『こちら第三砲塔、砲塔基部に直撃弾。火災発生。主砲旋回不能！』

『第四砲塔よりブリッジへ！　弾火薬庫の温度が急激に上昇中。注水の許可を！』

グラナット艦長は顔面蒼白となった。なんということだ。主砲四基のうち、後甲板の二基があっさり沈黙してしまった。たった一撃で戦力が半減するとは。

前甲板の主砲が吠えたが、敵砲台の位置はまだ特定できていない。着弾と同時に爆発反応が生じたものの、日本側の射撃はやまなかった。

六〇秒後に、さらなる被弾。今度も艦尾だ。二本据えられている細長い煙突のうち、後部のそれが根元から砕けた。

場数を踏んでいるデイヨーは、さすがに見切りが早かった。彼は即座にこう命じたのである。

「本艦は旗艦としての機能を喪失しつつある。よって艦隊指揮権を二番艦〈メリーランド〉へ移譲する。各艦は縦陣を解き、衝突回避に留意しつつ、各個に敵砲台の撃破にあたれ」

ややあって〈メリーランド〉艦長のカール・H・ジョーンズ大佐から返信がもたらされた。

『了解。ＢＢ‐46〈メリーランド〉は臨時旗艦として艦隊指揮権を継承します』

それを聞きつけたグラナットは、レーダー班に指示を飛ばした。

「まだシュガー・ジョージは動いているな。絶対にスコープから目を離すなよ！」

それはSG型水上警戒レーダーを指している。主目的は敵艦隊の捕捉だが、味方の位置確認にも有効である。闇夜で衝突する危険性は、けっして小さくないのだ。

幸いにもレーダー群は正常に稼働し、後続する七隻が次々と変針するのが確認できた。

グラナットはひと息つくと、

「ダメージ・コントロール班に厳命。消火を優先するのだ。これじゃ松明《たいまつ》を点《とも》した標的だよ。早く鎮火しないと事態は最悪になるぞ！」

と怒鳴った。デイヨーが答えて言う。

「まだ最悪ではない。日本の火砲はおそらく三六センチ、つまり一四インチ砲だろうから」

「直撃弾こそ受けたが、まだ装甲鈑は破られてはいない。それが証拠というわけですな」

第九群の全戦艦には対三六センチ砲弾の装甲が施されていた。それ以上の火砲で撃たれていれば撃沈されていてもおかしくはない。

首肯《しゅこう》したデイヨーが続けた。

「うむ。〈コロラド〉は一六インチ砲、センチ換算をすれば四〇センチ砲を載せている。ナガト型に対抗するため急遽設計を変更したが、防御力は対一四インチ砲級のままだ。

それを貫けない敵弾であれば、致命的な打撃とはなるまい。本艦がジャップの視線を引きつけているうちに、味方戦艦が砲台を撃破してくれよう」

その見通しは砂糖菓子よりも甘かった。彼らはそれを、まざまざと見せつけられたのだった。

左舷を進む同型艦〈メリーランド〉が、前触れなしに煉獄《れんごく》へと投げ込まれたのである。

黄色と朱色の閃光が弾けたかと思うと、あたりは昼間のような光輝に包まれた。視線を投げたが間に合わなかった。すでに〈メリーランド〉は命脈を絶たれていた。

ブリッジは根元から砕かれ、煙突は吹き飛び、上甲板は更地に近くなっていた。

その直後、船体が魔神の指でねじ曲げられたかのようにL字型になり、四基の主砲塔が空中へと投げ飛ばされた。さらなる爆発が生じると、あとには水飛沫しか残らなかった。

「なんてこった！　〈メリーランド〉に直撃弾。沈没！　〈メリーランド〉爆沈！」

一九五〇名もの人命が一気に失われた現実に恐怖しながら、グラナット艦長は叫ぶ。

「ジャップは何インチ砲をラバウルに持ち込んでやがるんだ！」

3　要塞砲

――同日、午後一一時五分

正解は一八インチ――四六センチ砲だった。

新造砲塔ではない。リサイクル品だ。

日本海軍は横須賀で空母へと改造中の〈信濃《しなの》〉に搭載予定であった四五口径四六センチ砲を二門、ラバウルに持ち込んでいたのである。

かねてより要塞沿岸砲の設置に取り組んでいた陸海軍は、着実に経験値を積み重ねており、特殊な起重機船も保有していた。一五〇トン級のクレーンを持つ〈蜻州丸《せいしゅう》〉がそれだ。

八八艦隊計画が頓挫して以降、戦艦砲が余剰品となり、その再利用方法が模索された。最適解は、やはり要塞砲だろう。ならば重量物である砲身を海上輸送できる専用船が必要だ。

陸海軍の意見が一致し、〈蜻州丸〉は大正一五年に完成した。運用は陸軍だが、設計には海軍艦政本部も携わっている。

排水量二〇〇〇トンと中型なのは、浅瀬で船底を固定するためバラストタンクを備えているからである。過度に大型にすれば離岸が面倒になる。実際に砲台に据えるための門型クレーンや、各種ウインチなども部品の状態で多数保有しており、きわめて自己完結率の高い船舶と言えた。

この〈蜻州丸〉がラバウルに運搬したのは戦艦〈伊勢〉と〈日向〉から撤去した四五口径四三式三六センチ砲であった。

数は四門。設置されたのは北崎海軍砲台、西硫黄崎砲台、南崎砲台、ガゼル岬砲台である。

あと二門、海輸する計画だったが、間に合わなかった。〈信濃〉の砲塔が優先されたためだ。ただし、大和型のために準備された九四式四五口径四六センチ砲は一門あたり一六〇トンもあり、〈蜻州丸〉のクレーンでも陸揚げできない。

その輸送専用に給兵艦〈樫野《かしの》〉が建造されていたが、昨年九月に米潜によって撃沈されており、これまた使えない。

だが、シンガポールで接収した英国船が状況を一変した。〈ブレグジット〉という名を持つ民間のサルベージ船である。二〇〇〇トン級のクレーンを保有する大型起重機船だ。

山下奉文《やましたともゆき》将軍が占領したシンガポール要塞には三八センチ砲が五門据えられていたが、さらなる強化案として四五・七センチ砲を装備する計画があった。大型軽巡洋艦〈フューリアス〉用に準備されていたそれを運搬するため、廻航されたのが〈ブレグジット〉だったようだ。

無傷で〈ブレグジット〉を入手した日本海軍は船名を〈葑生丸《ほうせい》〉と改め、〈信濃〉の主砲運送に活用したのである。

そして〈メリーランド〉を一撃で屠ったのは、唐美湾の内側に位置する西吹山砲台が放った四六センチ徹甲弾であった……。

*

「初弾命中！　敵戦艦爆沈！」

その吉報に西吹山地下の堡塁射撃指揮所の戦意は大いにあがった。分厚いコンクリートを通し、鬨《とき》の声さえ聞こえてくる。

「よくやった！　しかし、浮かれるのは早いぞ。まだ獲物は六隻もいる。我らは山本長官の命令に従い、米戦艦を全艦撃沈しなければならん！」

そう怒鳴ったのは小柳富次《こやなぎとみじ》少将だった。かつて第一〇戦隊司令官としてガダルカナル島撤退作戦を成功させた男である。今回はラバウル海軍砲台の総責任者として赴任し、対艦射撃の総合指揮を執っていた。

当初、ラバウル要塞の沿岸砲は陸軍が活用する手筈だったが、設置に時間を食いすぎてしまい、訓練の時間が確保できなかった。

第八方面軍司令官今村均陸軍大将は、この現実を素直に認め、戦艦砲の運用は実績のある海軍に任せるべきとの英断を下した。

そこで起用されたのが小柳だった。

かつて〈金剛〉艦長を務めていた頃、ガダルカナルへの地上砲撃を強行した男だ。戦艦砲の実射経験では日本海軍でも五指に入るだろう。

四六センチ砲の設置が一〇月中旬だったため、練度をあげる暇はなかったが、砲員はベテランを揃えていた。戦没した戦艦〈比叡《ひえい》〉と〈霧島《きりしま》〉の生存者のうち、主砲運用に携わっていた者を引き抜いたのだ。

距離は一万二〇〇〇メートル。唐美湾の入口へ急行する敵艦隊の針路は読みやすい。しかも探照燈でライトアップされているのだ。もはや射撃というよりも狙撃に近かった。

大和型三番艦〈信濃〉に搭載予定だった巨砲は、アメリカ戦艦に情け容赦なき鉄槌を下していく。〈メリーランド〉を一撃で轟沈させた七〇秒後、第二射が〈テネシー〉を襲った。

直撃弾ではなかった。転舵しつつあった〈テネシー〉の左舷前方六〇メートルの海面に落下し、水飛沫をあげた。

至近弾だが副次作用が生じた。自重一四六〇キロの砲弾は、着水と同時に被帽《キャップ》が外れ、海中を直進すると、ダイレクトに〈テネシー〉の舷側を襲ったのだ。

いわゆる水中弾効果である。

テネシー型は水中防御に秀でた戦艦であった。重油タンクも活用した多層式装甲は、被雷時に威力を発揮すると評価されていた。

だが、それは一般の魚雷であればの話だ。常識外の破壊力を持つ九一式徹甲弾は、身持ちの堅い〈テネシー〉の足腰を砕いた。

一撃轟沈とまではいかなかったが、左舷に大量の海水が流れ込み、傾斜は三〇度を超えた。速度も一二ノットまで落ちた。もはや戦闘単位として機能しなくなったことは明白だった。

当然、生き残ったほかの米戦艦は反撃を試みた。砲弾は降り注ぐものの、沿岸砲台への被害は皆無に等しい。敵艦は、まだこちらの場所をつかんでいないらしい。

これは欺瞞《ぎまん》砲台が奏効した結果だった。敵の耳目を引きつけるための囮として、海岸線の各地に偽の陣地を造り、砲撃に合わせて爆炎だけを発していたのだ。

地下壕で捷報《しょうほう》を耳にした小柳は、ただちに新たな命令を飛ばした。

「後始末は三六センチ砲に任せてしまえ。四六センチ砲は別の目標を各個撃破せよ！」

続いて生贄に饗《きょう》されたのは〈ニューメキシコ〉と〈ミシシッピー〉の姉妹である。

このニューメキシコ型の二隻は一九三四年から米本土で大規模な近代化改造に入っており、真珠湾攻撃も回避できていた。五〇口径三六センチ砲を一二門も搭載した有力艦である。

しかし、装甲値は〈メリーランド〉および〈テネシー〉と大差ない。速度も実質二〇ノットしか出せず、逃げることも無理だ。

まず、ネームシップの〈ニューメキシコ〉がやられた。

特徴的なクリッパー型艦首が直撃弾で打ち砕かれ、前進が不能となった。後進をかけて脱出を図ったが、三六センチ砲弾の連打を浴び、一〇分で浮かぶ残骸に姿を変えてしまった。

続く同型艦〈ミシシッピー〉にも惨劇の魔手が伸びた。日本製の徹甲弾は細長い一本煙突と前檣楼の狭間に吸い込まれ、炸裂して果てた。

瞬時にして艦橋構造物の根元から先端まで緋色の電撃が走った。近代的なたたずまいを見せていた前檣楼は火葬場へと姿を変え、居合わせた艦首脳陣を鏖殺《おうさつ》した。

四基の主砲塔は無傷だったが、指揮系統を全損した軍艦が十全の実力を発揮できるはずもない。各砲塔は独自に射撃を続けていたが、あらぬ方向の地面と海面に粗相をするにとどまった。

「敵駆逐艦出現！　煙幕を展開しています！」

見張りからの通達に小柳は眉をひそめた。

ガダルカナルをめぐる数度の夜戦で経験ずみだが、アメリカ駆逐艦の煙幕は深く、濃く、かつ足が速い。あれで目隠しをされたら、もう視界は確保できなくなる。彼は苛立たしげに叫んだ。

「電探はまだ動かないのか！」

ラバウル要塞では、随所に二号一型電探が設置されていた。対空監視を主任務とする艦載型のレーダーだが、地上にも設置可能であり、水上艦船の位置確認にも使える。調整しだいでは射撃用電探としての活用も不可能ではない。

ただ〝花魁《おいらん》の簪《かんざし》〟と渾名されるように、遠くからでも悪目立ちするためか、格好の空襲目標とされてしまった。修理に着手はしたが、一朝一夕では直らない。

「各砲台と連携を密にせよ。どこか視界が確保できる陣地はないのか？　修正値を送ってもらえば、まだ本射が期待できる」

それは無茶な望みだ。どの砲台も自分の射撃と弾着観測に夢中である。ほかの砲台に指南するような暇はあるまい。

（敵戦艦は八隻だった。そのうち五隻を撃破したのだ。これで満足すべきだろうか……）

いや、違う。山本GF長官の指示は米戦艦全艦撃沈だ。あと三隻、どうあっても潰さなければ。

次の一撃の手段を模索する小柳へ連絡がもたらされたのは、その直後であった。

「北崎砲台の有賀《あるが》大佐から電話です」

ラバウルへ持ち込まれた〈信濃〉の四六センチ砲は二門。西吹山に一門、そして北崎砲台にもう一門が配備されている。

『司令、発砲許可はまだ頂戴できんのですか！』

怒号めいた声の主は有賀幸作《こうさく》だった。

元来、駆逐艦乗りだったが、重巡〈鳥海《ちょうかい》〉の艦長を務めた際の操艦ぶりが認められ、北崎砲台の指揮官を命ぜられていたのだ。

栄転か左遷か微妙ではあったが、ここで戦果をあげれば大和型戦艦の艦長にさえ手が届く。有賀は腕を鳴らして攻撃命令を待っていた。

しかし、北崎砲台はラバウル市街の北にあり、唐美湾までは姉山、妹山、花吹山といった山々を越えなければならない。距離も二〇キロを超え、直接照準は無理だ。

だが、敵艦隊の動きしだいでは視界に入ってもおかしくない。いまがその好機であろう。

「有賀くん、そろそろ君の出番のようだ。敵戦艦三隻は退避に移るはず。ガゼル岬から遠ざかろうとすれば、北東へ向かうぞ。妹山の探照燈が生き残っていれば、北崎砲台から丸見えになるはずだ。奴らに引導を渡してくれ」

『そいつは、我が海軍人生でも最高の吉報ですな。了解しました！　三隻とも食ってやります！』

だが、有賀大佐の渇望が満たされることは遂になかった。

生き残った〈アイダホ〉〈ペンシルヴェニア〉〈ネヴァダ〉の面々は、北崎砲台の洗礼を浴びる前に別口の刺客に狙われたのである。

4　呂号潜水艦隊

――一九四三年一二月七日午前零時

ラバウル砲台の獅子奮迅ぶりは、二〇キロ以上も離れたワトム島北岸にまで響いてきた。

軽巡〈大淀〉の航海艦橋に陣取った豊田副武大将は、苦労して入手したカール・ツァイス社製の夜間双眼鏡を構えた。

戦場が直接見えるわけではない。アメリカ戦艦の墓地と化しつつある唐美湾は、ラバウル市を含むニューブリテン島の一角を挟んだ反対側に位置しているのだ。

ただし遠雷のような赤褐色の光輝が、定期的に明滅しているのは確認できた。

「小柳くんはずいぶん派手に暴れているな」

羨望の混じった豊田の声に、首席参謀を拝命したばかりの大和田《おおわだ》昇《のぼる》少将が続いた。

「派手なのが常に最高とは限りませんぞ。我らは静かに、しかし着実に敵艦の下腹部を切り裂けばよいのですから」

軽く頷く豊田であった。彼はラバウル潜水艦隊司令長官という地位で、最前線に姿を見せていたのである。

そのポジションもまた新設されたものだ。

組織としては南東方面艦隊から独立して大本営直轄となり、高須中将のラバウル航空艦隊と同列に扱われていた。

これには山本GF長官の意志が強く絡んでいた。

潜水艦作戦は昭和一七年末までは戦果も上々であったが、連合軍が対潜対策に本腰を入れた昭和一八年春から喪失率がめだって増えていた。

もう潜水艦の運用を全般的に見直すしかない。

個艦能力を超える作戦に用いてはならない。活用できる戦場を見つけ出し、投入すべきだ。

特に小型潜とも呼ばれる呂一〇〇型は、扱いが難しい。数を減らしつつある伊号潜水艦の穴埋めに、新型のそれを使おうとする声が多かったが、山本はそれを戒めていた。

航洋力に劣る小型潜は本来の任務、つまり拠点防衛に投入すべきだ。それもタイミングをよほど選んで出してやらねばならない。

呂一〇〇型潜は全艦集結が命じられた。

生き残りと新造艦で八隻。ラバウル防衛に殉じるためである。ほかにも伊号潜水艦が五隻、主に補給任務のために参戦していた。

これだけの大戦力ともなれば、重鎮が前線で直接指導するのが望ましい。

幸いにも豊田は、大佐時代に第七潜水隊司令を経験しており、ひととおりの知識はあった。

また大和田少将が、第七潜水戦隊司令官から横滑りする形で補佐に従事している。彼は潜水学校出身の専門家であり、〈呂五五潜〉〈伊五四潜〉でも艦長を務めた超ベテランだった。

この両名であれば、独立独歩の気運が強い潜水艦長といえども命令に従うしかあるまい。

そして、彼らが将旗を掲げたのが軽巡の〈大淀〉であった。

もともと潜水艦隊旗艦として調達され、こうした任務のために誕生したフネだ。旗艦機能が充実しており、トラック島からでも包括指揮は可能であったが、山本長官は豊田にラバウル進出を厳命していた。

潜水艦隊は全滅を賭した作戦となろう。まさか責任者が安全地帯で惰眠を貪ってはいられない。戦場との距離を詰め、連絡を密にすると同時に、指揮官もまた敵弾に身を曝してほしい。

豊田も覚悟を決め、当初は南崎砲台の東に位置するココボの潜水艦隊司令部に進出していたが、数回の空襲に直面したため、とりあえず停泊地をワトム島へと移していた。

ラバウル市街の北西一二キロに浮かぶ孤島だ。施設といえば無線中継所と捕虜収容所が置かれている程度で、戦略的価値は薄い。だからこそ、敵の視線から逃れられる見込みが大であった。

第七潜水戦隊旗艦となった〈大淀〉は偽装網をかぶり、そこに潜んでいたのだ。

単独ではない。潜水母艦〈長鯨《ちょうげい》〉と練習軽巡〈香取〉も距離を置いて隠れていた。ともに強力な通信設備を持つフネだ。〈大淀〉が指揮能力を喪失した場合に備えた布陣であった。

護衛には新旧の駆逐艦が四隻、従事していた。〈島風《しまかぜ》〉〈栂《つが》〉〈響《ひびき》〉〈卯月《うづき》〉である。

手駒が七隻のみとは淋しいが、それは水上艦艇に限った話である。

豊田は潜水艦を自在に操る困難さと愉悦を同時に感じていた……。

「第五一潜水隊の加藤良之助《かとうりょうのすけ》大佐より入電。敵戦艦三隻がガゼル岬北西方面へ逃走中のもよう。これより攻撃を開始せんとす！」

いよいよである。鉄の鯨が本性を剥き出しにする狩りが始まるのだ。

大和田参謀も興奮を隠しきれない口調で言う。

「加藤大佐は〈呂一〇五潜〉に乗っています。彼は小型潜のことを知り尽くしていますよ。生きて帰れるアメリカ戦艦は皆無でしょう」

　まるで模範生を褒める教師のようだなと豊田は思った。大和田の言葉に嘘はあるまい。しかし、純粋無垢な優等生でも切り抜けられないのが実戦であり、戦場なのだ。

「うむ。たしかに大戦果を期待できそうだ。だが懸念もある。ここで勝っても力を使い果たしたのでは、本命を撃破できない。ラバウルの死守が困難になってしまうぞ」

　豊田の独白めいた声に大和田は言う。

「敵上陸船団こそ本命なのはわかります。しかしかかる火の粉は払わねばなりません。まず目の前の戦艦撃滅を完遂し、マッカーサーにひと泡吹かせてやりましょう」

　豊田は返答をしなかった。首席参謀の発言は真実ながら、隔靴掻痒《かっかそうよう》たる現状の説明にしかなっていない。そう考えたからであった。

　海を覆い尽くす勢いでアメリカ艦隊が攻め寄せて来るのだ。兵員輸送船を優先して攻撃する贅沢などありはしない。

　理屈では理解できていたが、強靭すぎる責任感を持つ豊田は思い煩うのだった。まだましな選択肢はなかっただろうかと……。

*

　そんな選択肢があれば、誰も苦労はしない。

　旗艦〈呂一〇五潜〉の司令塔に居座る加藤良之助大佐は、攻撃開始直前まで解答なき問題に逡巡していた。

　目的がラバウル防衛であり、敵軍が上陸の野心を隠そうとしない以上、まず狙うべき目標は輸送船団となる。それは理想だが、目先の脅威対象も放置はできない。そもそも海軍軍人は軍艦を狙いたがるものなのだ。

救いと言えば、豊田大将が現場指揮権を認めてくれたことだ。これで横槍でも入れられたなら、戦争にならない。

加藤に手駒として与えられた呂一〇〇型だが、これは沿岸警備用に設計された小型潜である。

全長六〇・九メートル、水中排水量七八二トンと実にコンパクトだ。定員は三八名だが、実際は五五名が乗り組んでいる。

武装として九五式魚雷発射官を艦首に四門装備しているが、艦尾方向は丸腰だった。搭載魚雷は八本。二回撃ったらおしまいである。

事前の計画では、魚雷を撃ち尽くした呂号潜水艦はワトム島の北へ集結し、〈長鯨〉から補給を受ける手筈になっていた。潜水母艦には四〇本強の予備魚雷が搭載されているのだ。

しかし、戦乱の最中にそんな芸当など、果たしてできるものであろうか。

「司令、逃走中の敵戦艦確認。三隻もいます！」

夜間用の潜望鏡を覗き込んでいる潜水艦長大場《おおば》佐一《さいち》大尉が早口で言った。

「距離四〇〇〇。あれは〈ネヴァダ〉でしょう。外海に逃げる気ですぞ！」

怒気を通り越し、殺気に近い雰囲気が言葉には込められている。ここで待てと命令する勇気など加藤にはなかった。

呂号潜水艦隊はラバウル港の南東にある松島港に集結し、順次出撃を終えていたのである。

数は八隻。すべて同型艦だ。〈呂一〇四潜〉から連番で〈呂一一二潜〉までが戦闘態勢を調え、散開して布陣していた。

抜けているのは〈呂一〇七潜〉だ。今年四月末にレンドバ島付近で消息を絶ち、喪失と判断されていたが、その姉妹たちは仇を討たんと躍起になっている。

座視すれば、ほかの潜水艦が先に攻撃を始めるかもしれない。そうなれば、この海域は魔女の大釜と化してしまうだろう。乱戦の中ではすべての調子が乱れる。

加藤は腹を決めた。

「できれば沿岸砲台に手柄を譲ってやりたいが、それは無理らしいな。よろしい。大場艦長、全力魚雷戦用意だ。真珠湾から蘇った亡霊戦艦を、もういちど地獄へ蹴り落としてやれ！」

加藤は筋金入りのドン亀乗りである。特殊潜航艇の試験運用に携わり、伊号潜で艦長職を五度も務め、近年は呂号潜の効果的な運用法を最前線で模索していた。

大場艦長にとっても加藤大佐は尊敬すべき人物だった。命令さえ頂戴できれば、一時的な不信感など雲散霧消する。

「雷撃戦即時待機。使用魚雷四門。全門斉射。発射間隔は二秒を想定。発射完了と同時に次発装填にかかれ。深度一五、懸吊《けんちょう》状態を維持」

立て板に水の勢いで艦長命令が下される。乗組員は一丸となり、〈呂一〇五潜〉を一個の生命体として機能させるべく奮闘する。

二〇秒で雷撃戦準備は完了した。潜望鏡にもたれかかる大場艦長が、静かな、しかしよく通る声で命じる。

「的速一八ノットで変わらず。のろまだな。よし、やるぞ。少し待て……よーい！　てェッ！」

地響きのような振動を残し、一本あたり一・六トンの鋼鉄の筒が艦首から連続して射出された。

九五式酸素魚雷だ。

海面下を疾走する人工物に限定すれば、世界でもトップクラスの殺傷兵器である。

唐美湾での戦闘が想定されたため、雷速は最高の四九ノットに設定してあった。それでも九〇〇〇メートルは楽に走る。そして、標的は三〇〇〇メートル彼方を東進していた。

技術的不具合の洗い出しも終わり、乗員の練度は高められている。当たらない道理などない。

「潜望鏡下げろ。深度三〇へ。ひとまず南崎砲台のそばまで退避し、再攻撃の機会をうかがう」

できればもっと深く潜りたいが、唐美湾は遠浅の場所も多く、思い切った潜航は難しい。

手空きの乗員がコマネズミのように艦首へと走る。少しでも舳先《へさき》を重くし、沈降速度を増すためだ。


天雷めいた重低音が海中を伝播してやって来た。数は二つ。間違いなく着弾の絶叫だった。

狭苦しい艦内の至るところから万歳が響いた。加藤大佐でさえ、すべての雑事が洗い流される錯覚に襲われた。

迅雷は一回にとどまらなかった。数分と間隔を置かず、遠くから連呼したのだ。

「どうやら味方の呂号潜も雷撃戦に移行した様子ですな!」

悪辣《あくらつ》な笑みを浮かべた大場艦長に、加藤大佐は覚悟を決め、こう応じるのだった。

「以心伝心の間柄であればこそ成功した共同攻撃だな。こうなれば、毒を食らわば皿までだ。一気に戦果を拡大しよう」

輸送船団など知ったことか。我らの怨敵はあくまでも戦闘艦艇である。これより本艦は掃討戦に移行する！」

＊

日本海軍の戦艦は全長二一〇メートルを超えるものばかりだが、合衆国では事情がやや異なる。海軍休日《ネイヴァルホリディ》以前に建造された米戦艦は、いずれも二〇〇メートルを切っていた。

砲戦力が同じならば、小型のほうが何かと都合がよい。将来的な拡張性が低いのは気がかりだが、建造費が節約できるのは魅力的だ。

用兵側もコンパクトな戦艦を（拡張性の低さと居住性の悪さを除けば）愛していた。敵弾の的になる面積は、小さければ小さいほうが望ましい。

特に〈ネヴァダ〉は小型だ。全長は一七七・八メートルしかない。このボディに三六センチ砲を一〇門搭載せねばならず、結果的に三連装と二連装の混在した異例の砲塔配置となった。

真珠湾で直撃弾五発と魚雷一本を受けて沈没したが、浮揚可能と判断され、徹底した改造が施された。かつての名残は三脚檣の頭頂部だけだ。

それがいま、業火に炙《あぶ》られていた。

ＢＢ－36〈ネヴァダ〉は断末魔の苦しみにあえぎつつ、海面にしがみついていたものの、やがて船底から流入した海水に根負けし、左舷へと大きく傾斜した。

そこから先は秒単位で状況が激変した。船体が横倒しになったかと思うと、朱色の火炎が全艦を覆い、凄まじい爆発が生じた。主砲の弾火薬庫が誘爆したのだ。文字どおりの爆沈であった。

そして、退避に入っていた無傷の二戦艦にも、同様の運命が押し寄せていた。

『こちら〈アイダホ〉。魚雷が左舷艦首に命中。

艦首がもげた！　発揮速度九ノット！』

『旗艦へ通達。本艦〈ペンシルヴェニア〉は両舷に二本ずつ被雷した。ダメージ・コントロールに着手するも浸水は止まらず。このまま逃走を継続する！』

そうした黙示録的風景を旗艦〈コロラド〉から目撃したグラナット艦長は、デイヨー少将に告げるのだった。

「司令、我々は黄色人種の悪辣なる罠に嵌《は》まったようです。ここは〈ペンシルヴェニア〉と一緒にひとまず逃げましょうぜ」

指揮権を譲った〈メリーランド〉が撃沈された直後、〈ペンシルヴェニア〉が新しい旗艦となっていた。

グラナット艦長の申し出は魅力的に映ったはずだが、デイヨーは状況を勘案し、こう告げるのであった。

「ここで逃げて、どうなる。対地砲撃は未完遂だ。夜明け前には海兵隊が上陸するが、このままでは全滅の危惧さえある。

たとえ本艦が生還できても待っているのは軍法会議の法廷だ。いずれにせよ、我らの未来は潰《つい》えた。ならばここで楯となり、タルサ作戦の成功に寄与すべきだ」

幸いにも〈コロラド〉は劈頭《へきとう》の被弾以来、損害を受けていなかった。主砲も一番および二番砲塔は健在で、消火にも成功していた。自力航行も可能であり、現在一六ノットでガゼル岬へ急行していた。

第四九任務部隊・第九群の戦艦隊も黙って殴られていたわけではない。決死の反撃を繰り出し、そこの砲台を沈黙させていたのだ。

数秒の間をあけてからグラナットは返答した。

「本艦はアラモの砦になるわけですな。勝利のために斃《たお》れるのであれば、それもまた一興……」

艦長が台詞を言い終わる前に、〈コロラド〉は激震に見舞われた。グラナットは舌を噛み、神を呪った。

「艦尾被雷！　右舷機械室浸水！」

魚雷か。ケツをやられた。スクリューが破壊されていなければいいが。グラナット艦長のそんな願いは、実にあっさり打ち破られた。

『こちら機関室です。発動機はまだ半分がた動きますが、推進軸が四つとも折れています。〈コロラド〉は推進力を全損しました！』

それは、掃討戦に移行した〈呂一〇五潜〉の戦果であった。

夜陰と戦乱に紛れ、ガゼル岬付近まで一四・二ノットで浮上航行した〈呂一〇五潜〉は、海岸線を蛇行する〈コロラド〉を発見し、大場艦長の指揮のもと、二の矢を放ったのだ。

酸素魚雷の触接式起爆装置は開戦当初こそ感度が強すぎ、波濤に叩かれただけで早爆するという欠点もあったが、今回は無事に稼働した。

命中は一本だけだが効果は抜群だった。

トリニトロトルエンとヘキシルを混合して調合された四〇〇キロの炸薬は、〈コロラド〉の両足を切断したのである。

航行能力を喪失した軍艦など、もはや置物同然の物体だ。

行き足がついており、すぐには止まらないが、舵もへし折られたため操舵はできない。そして、

〈コロラド〉の舳先には陸地が展開している。

一九六九名の乗組員にはパニックが広まった。

己の任務にしがみつき、現実逃避を試みた勇敢な水兵もいたが、職責を放棄し、持ち場を離れる者も多数にのぼった。

指揮系統の崩壊は厳に戒めるところだが、乗るフネの命脈が尽きかけていると誰もが認めている現在、逃亡者を責められる者は少ない。

例外は艦長と司令長官だ。

グラナット大佐とデイヨー少将は、それぞれのやり口で部下を叱咤するのだった。

「逃げる者は銃殺だぞ！　最後の最後まで合衆国海軍軍人として務めを果たせ！」

艦長に続いて艦隊司令が怒鳴る。

「本艦は脱出しているのではない。新たな戦場へと前進しているのだ。グラナット艦長、このまま浅瀬に座礁したまえ。

本艦は不沈堡塁となり、主砲でジャップを叩く。そして乗組員はラバウルへの尖兵となれ。海兵隊より一足先に上陸せよ！」

破れかぶれの強襲上陸だが、時宜に適った命令でもあった。グラナット艦長は叫ぶ。

「イエス・サー！　砲術、機関、通信関係以外の者に小銃を配布せよ。総員、白兵戦用意！」

5　上陸開始

——同日、午前四時三〇分

ラバウル死守を命ぜられた第八方面軍司令部にとって、最大の課題は連合軍の上陸地点の見極めであった。

日本海軍は昭和一七年一月二三日にラバウルを

占拠していた。その際は堂々と唐美湾まで侵入し、掃海を終えたのち、夜間に揚陸を開始。短時間で市街占拠にも成功した。

オーストラリア軍は寡兵であり、艦艇もほとんどいないと判明していたため採用できた荒っぽい戦術だった。

しかし、マッカーサーが同じ轍を踏むとは思えない。こちらが守備を固めているのは百も承知であろうし、なかでも唐美湾の防御は鉄壁だ。まずここには来ないだろう。

安全を最優先すればニューブリテン島の南東部が候補地となろうが、それでは市街まであまりに遠すぎる。長期戦は連合軍も望むところではあるまい。

護衛艦隊が長期間の戦闘行動には耐えられないからだ。特に航空母艦は、数度の出撃で艦載機を使い切ってしまうケースも多い。ガダルカナルでは、艦隊が悠々と引き上げていく様子を海兵隊が怨嗟《えんさ》の視線で見送る事態が多発していた。

諸事情を勘案すれば南飛行場の周辺、すなわちカバカウル湾が危ない。

その西側には、ラバウル第二の都市ココボが展開している。滑走路を潰してガゼル岬砲台を沈黙させたなら、要害らしい要害は消える。

あとは海岸線に沿って陣地を潰しながら北上すれば、ラバウル市街を制圧できる。

海岸線の面積から逆算しても、大軍が上陸できそうな場所はそこしかない。対策としては沿岸陣地を構築して陸軍部隊を配置し、水際で阻止すればいい。

だが、司令官の今村均大将は水際防御を頑として認めなかった。

艦砲射撃の絶好の目標となろうし、ヤマがはずれた場合、事態は最悪となるからだ。

彼が指揮する第八方面軍は、第一七師団と第三八師団を主力とする約七万の部隊である。数字こそ立派だが軍属の労務者も多く、実際の戦力は割り引いて考えなければならない。

海軍は陸戦隊を中心に約三万。第八根拠地隊とクェゼリン環礁から移動してきた第六根拠地隊が柱となっているが、警備隊や設営隊などを引けば、やはり磐石とは言い難い。

守勢方針としては、ラバウル市街とその周辺を海軍が担当し、唐美湾から南全域を陸軍が受け持つことになっていた。なお、市内で便衣隊《ゲリラ》の蜂起に対応した八九式中戦車は第八根拠地隊に所属していた車輌である。

今村は、参謀長の加藤鑰平《かとうりんぺい》中将の意見を入れ、主力を内陸部に配置させた。

具体的には中央高地の西飛行場と、その南東のトベラ飛行場の周辺だ。

海岸線までは五キロ。移動は楽だ。ラバウルは全域にわたって地下壕が掘られ、それを結ぶトンネルは累計一二〇キロにも及ぶ。

もちろん地上の道路も整備されており、連合軍がどこに上陸しても対応できる。密林で覆われ、上空からは視認が困難だ。空襲の危険も最低限ですむだろう。

つまり、〝後の先〟を確保するための布陣というわけだ。守勢を強いられる以上、選択可能な行動は限られていた。

そして、真珠湾攻撃から二年が経過したこの日、この時、彼らは来た……。

＊

「マッカーサー将軍、戦艦部隊の最終報告がまとまりました」

旗艦〈フェニックス〉のブリッジに、トーマス・C・キンケイド海軍中将の暗い声が響いた。

「デイヨー少将の第九群は全滅です。戦艦八隻がすべて沈没するか、戦闘不能へ追いやられました。太平洋艦隊は真珠湾以来の大損害をこうむったのです……」

馴染みのコーンパイプをくわえなおしながら、ダグラス・マッカーサー大将は訥々《とつとつ》とした声で、こう言うのだった。

「悲しすぎる現実だね。一隻あたり二〇〇〇弱の水兵が犠牲になったわけだ。合計一万六〇〇〇名もの戦死者が出た。これで、いよいよ後には引けない。彼らの犠牲を無駄にしないためにも、ラバウル上陸を成功させなければ」

攻撃精神が旺盛すぎるマッカーサーに、キンケイドは絶句するのだった。

提督は気づいてしまった。この将軍は、海軍の損失をあくまで他人事と見なしていると。

キンケイドの本心は決まっていた。これだけの敗北を喫した以上、もう猪突はできない。タルサ作戦は中止か、一時的にでも棚上げすべきだ。

進言を決意させたのは、ハワイのニミッツ大将から寄せられた指示だった。

『太平洋艦隊は、もうこれ以上の出血を許容できない。マッカーサー将軍には作戦の見直しを強く要請する。状況しだいでは、スプルーアンス空母艦隊の引き上げも選択肢に入る』

とてもではないがマッカーサーには見せられぬ

電報を握りしめたまま、キンケイドは言う。

「敵情が不明瞭です。戦艦部隊は対地砲撃を強行しましたが、戦果はわかりません。このままでは危険かつ無謀な突撃になりませんか」

それでもマッカーサーは余裕の表情を崩さず、

「対地砲撃は上首尾に終わったのだよ。現に日本軍の砲台は一発も撃って来ない。成功した証拠だと解釈してよかろう」

と言い切った。キンケイドは、なおも反論する。

「古典的な手段ですが死んだふり《プレイオポッサム》をしている可能性もありましょう。ここは空襲を念入りに行い、戦況を見極めるべきです」

「当然だ。空爆は第五航空軍のジョージ・ケニー少将に一任してある。午前五時にはジャングル全体を燃やす手筈だ」

「ジャングル？　飛行場ではないのですか」

「ガダルカナル戦の経験から判断し、ジャップは森にひそみ、反撃のチャンスをうかがうはず。木の葉を燃やし尽くせば逃げる場所がなくなるぞ。それに飛行場は上陸後、すぐに占拠して活用しなければならん。過度の破壊は再生に支障が出る」

マッカーサーの発言は常道かつ正論だが、臨機応変の姿勢に欠けていた。

将軍はあくまでもスケジュールに則って作戦を遂行しようと欲している。計画が脱線しつつあるのは、誰の目にも明らかなのに。

やがて朝焼けが始まった。地獄の戦場、ラバウルの海岸線がオレンジ色に染まっていく。

その一角に褐色の影があった。身じろぎしない構造物は、時折思い出したかのように火弾を放っている。

それは戦艦〈コロラド〉のなれの果てだ。

座礁しながらも主砲を撃ちまくり、まだ戦う気概は潰えていないぞと主張しているのだ。

「見るがいい！　あのガッツ溢れる戦艦を。あれこそが軍人であり、あれこそが海軍だぞ。我々も続かねばならん！」

熱《いき》り立つマッカーサーを横目で睨みつつ、キンケイドは思った。もう駄目だ。この堅物の怪物を制止する方法は皆無だ。このまま死地へ突進するしかないのか。

顔色で不穏を感じ取ったのか、マッカーサーは平然とした口調で補足する。

「ミスター・キンケイド、君の心配も理解できる。カバカウル湾へ上陸する第二海兵師団は全滅に等しい打撃を受けるかもしれない。その危惧は十二分にある。

だが、我らは単独ではないのだ。第一波《ファーストウェーブ》が潰えたとしても、第二波《セカンドウェーブ》と第三波《サードウェーブ》がジャップを襲う。質と数に勝る我らは、最終的覇者たる資格を得る。そのための犠牲は当然の代償だ」

それは危険なギャンブルだった。しかもチップはアメリカン・ソルジャーの血液なのだ。決算は黒字になるだろうが、流れた赤き血潮の量に国民は納得してくれるだろうか。

敗北を認め、引くのも勇気だと進言しなければならない場面だ。しかし、百万の言葉で説得しようとも、マッカーサーを翻意させることは不可能に近い。

それならば最悪の状勢の中で、希望の芽を発見するしかあるまい。

覚悟を決めたキンケイドは、結婚相手の父親に初めて会った新郎のような表情で、こう宣言するのだった。

「将軍、どこまでも御一緒いたします。我が艦隊は全滅を賭してでも、第二海兵師団の護衛を完遂することをお約束します」

　マッカーサーは、娘の選んだ結婚相手に満足した厳父のような顔を見せた。

「それでこそ、栄えある南西太平洋軍の先任海軍提督だ。我ら両名は力を合わせてタルサ作戦の完遂に尽力しようではないか」

「それはゴーサインだと解釈してもよろしいのでしょうか」

「無論だ。命令を出してくれたまえ」

　高声電話をつかんだキンケイドは、流れるような口調で語り始めるのだった。

「ドック式揚陸艦〈アシュランド〉〈ベレ・グローブ〉〈カーター・ホール〉に通達だ。水陸両用戦車LVTを発進させよ。


　続いて戦車揚陸艦《LST》に厳命。指定されたハイドラ、スワン、オーキッドの各ビーチへと向かえ。上陸開始は午前五時。計画に一切の変更はない！」

エピローグ
日米百年戦争への隘路

1　フランス対潜艦隊
——一九四三年一二月七日

「空母〈ベアルン〉から通達。艦隊前方一八キロのポイントに敵潜発見。本艦搭載のＴＢＤ－１は対潜弾による攻撃を開始した！」

　練習軽巡〈ノストラダムス〉のブリッジに流れた通達に、艦長のイル・ド・ブルーメール大佐が反応した。

「ムッシュ・ロシュフォート、あの旧型雷撃機は対潜機としても使えるようだね」

　徹夜明けのジョセフ・Ｊ・ロシュフォート中佐は軽く頷いてから言った。

「デバステーターは低速機ですが、洋上警戒には逆に好都合です。飛行機とは踊るステージさえ間違えなければ、長く使えるツールですよ」

　連絡将校の台詞を裏づけるかのように、ほどなくして吉報が届いた。

『我がＴＢＤ－１は爆雷攻撃に成功。日本潜水艦一隻の撃沈は確実！』

　ほんのりとした安堵感がブリッジに集うフランス軍人の間に流れた。危険な海域に足を踏み入れている現実を、誰もが実感していたのだ。

　旗艦〈ベアルン〉を中心とする自由フランス海

軍の機動部隊は、セント・ジョージ海峡を通過中であった。ニューブリテン島とニューアイルランド島の中間、具体的には一三の小島で構成されたデューク・オブ・ヨーク諸島のそばである。

「潜水艦掃討戦の命令を受けて北上したが、どうやら面目は保てそうだね。しかし、戦況が読めん。ロシュフォート中佐のせいではないが、アメリカ艦隊からの連絡が乏しすぎる。ここは古《いにしえ》の知見にでも頼るしかないか。

軍医フォンブリューヌに問いたい。この先がどうなるか、偉大な予言者は書き残していないかね」

疲れた表情を見せていたマックス・ド・フォンブリューヌ少佐だったが、その呼びかけには迅速に反応した。

「ありますとも。百詩篇集第八巻六九です。我らは、ノストラダムスが予言した世界にて生を許されているのです」

第八巻六九番
若輩者の側で老天使が朽ち果てるが
最終的にはその者を凌ぐ
最大に等しい一〇年、老人は再び侮られる
三の中の二、同一の第八熾天使《してんし》

分厚い古書の一角を指さしたフォンブリューヌに対し、ロシュフォート中佐は吐き捨てるように言った。

「相変わらずだが、わけがわからないな。これのどこを読めば戦況の先行きがわかると?」

「老天使はベテラン揃いの日本海軍で、若輩者はアメリカ海兵隊です。苦戦の末に老天使が勝つということは、連合軍の敗北を示していましょう。

三行目の〝Rabaisser〟は侮られるという他動詞ですが、名詞だと思えば〝Rabaul〟に似ていなくもありません」

ブルーメール艦長が吹き出した。

「ラバウルか。字謎遊《アナグラム》びだとしても強引すぎるぞ。それで四行目の、三の中の二とは？」

「三方向からの突撃のうち、二つが成功するという暗示でしょう。主力部隊によるカバカウル湾への攻撃は潰えても、もういっぽうの上陸地点と、第八熾天使《セラフィム》の出撃はうまくいく。私は、そう解釈していますよ」

誰もが思った。第八熾天使《セラフィム》の出撃とはなんだ？

フォンブリューヌが回答を口にする必要はなかった。碧天を包み込むような迫力の爆音が、空の一角を揺るがしたのだ。

「味方機の大編隊、南方より接近中！」


誰もが双眼鏡を朝ぼらけの空に向ける。

そこには丁子色《クローブカラー》の寸胴な機体が群れていた。

一〇機や二〇機ではない。三桁に届こうという勢いだ。

ダグラスC‐47〝スカイトレイン〟である。

アメリカ陸軍航空隊が大々的に導入した主力輸送機だ。東側からまわり込むような格好でニューブリテン島の北岸を目指していた編隊は、すぐに胴体から白い花弁を吐き出し始めた。

それは紛れもなく軍用落下傘が開花した光景であった。

第一〇一空挺師団による強襲降下作戦が、いままさに始まったのだ……。

2　トルネード・オーバチュア
——同日、午前六時二〇分

眼前に迫る大鳥島は、本当に小さく見えた。

しかし、電信席に座る山本五十六大将に不安はなかった。あれこそ洋上の不沈空母。あとは通信系統が万全であることを祈るのみだ。

機体はすぐ着陸態勢に入った。操縦桿を握っているのはブーゲンビル島から馴染みの高岡迪大尉である。

天候にも問題はなく、双発陸上爆撃機は優美に旋回しつつ高度を落とすと、一二〇〇メートル級の滑走路に舞い降りた。

後続の一一機も次々に着陸する。鹿児島県の鹿屋を発進し、硫黄島と南鳥島を経由して、この前線基地まで飛んで来た。それでもまだ燃料に余裕があるのは頼もしい。

大鳥島——かつてウェーク島と呼ばれていたそこは、日米双方から重要視されず、半ば放置されていたのだが、ここに来てにわかに重要度を増しつつあった。

誘導路に機体を導きながら高岡機長が言う。

「この陸上爆撃機〝銀河〟ならば、内地から直接この島まで飛んで来られましたよ。自動航法装置も装備されてますから、楽なものです」

飛行帽を脱ぎながら山本は応じた。

「そりゃ、君のようなベテランなら三二〇〇キロ弱の洋上飛行も平気だろうが、新人にはつらいよ。移動で目減りしたのでは泣くに泣けないさ」

台湾より南にあるここは師走でも暑い。飛行服の胸元を開けたとき、アメリカ製の四輪駆動車が急接近して来た。

「長官、まさか本当にお越しになられるとは！」

大声を発したのは角田覚治《かくたかくじ》中将であった。基地航空部隊として再建された第一航空艦隊司令長官である。彼は自らハンドルを握り、出迎えに来てくれたのだ。

狭苦しい助手席に座った山本は返した。

「来ると言ったら来るよ。古賀、豊田、高須、小澤、そして君と、GF長官を任せられるような逸材を全員前線に投入したのだ。僕だけが安穏としてはいられない。それでラバウルの戦況は？」

角田は、まだ清書されていない電文を差し出した。山本は受け取ると素早く目を通す。

「なんだと。カバカウル湾へ来るのと同調して空挺作戦もやったのか。さすがはアメリカ合衆国、偉大なるかなマッカーサー将軍。物量作戦の真髄、ここに極まれりだ」

占領時に接収していたジープは軽やかに走り始め、二人を簡易指揮所まで導いた。建物こそ簡素だったが、通信系は上等な装備で固められている。

「それで銀河は何機到着した？　総合指揮に問題はないだろう」

「攻撃第五〇一および七〇一飛行隊の主力が集結しつつあります。長官が引率した機体と合算し、現在五九機。帳簿では九六機ですから、まだいくらかは飛来するでしょう」

「そうか。小澤機動部隊の動向は？　昨日は小競り合い程度だったようだが」

「新しい報告は入っておりません。空母の決戦は今日でしょう。我が部隊が出撃するのは、それを見極めてからです。こちらの思惑どおり、クェゼリン環礁に来ればいいのですが」

「成功の見込みはあるかな？　我々は真珠湾と同等の戦果を稼がねばならん。太平洋艦隊の全戦艦と全空母を撃沈する。それくらいやらなければ、ルーズベルト大統領を講和のテーブルに引きずり出せない」

山本がそう言った直後だ。地下の通信室から、闖入者《ちんにゅう》が姿を見せた。

「長官、勝利は堅いです。銀河隊の搭乗員ですがすべて人相を見ました。明白なる吉相が見て取れます。彼らは南溟の防人《さきもり》として、その名を永遠のものとするでしょう」

水野義人であった。言わずと知れた海軍嘱託の占い師である。

「驚いたな。君まで大島島に来ていたとは」

「魚雷の輸送船に便乗しました。日本が浮かぶか沈むかの大血戦ですからね。限界まで搭乗員選定に携わり、少しでもお役に立とうかと」

そう話した直後、水野の顔色がさっと変わった。血の気が引き、唇が震えている。

「様子が妙だぞ。具合でも悪いのかね」

「長官……どうか何も聞かず、このまま日本へとお戻りくださいませんか」

「おいおい。無茶を言うなよ。それじゃ、何のために来たかわからんぞ。まさか僕の人相が激変しているとでも言うのかい」

真顔で頷いてから水野は言った。

「占い師としての我が人生において、これほどまでに明白な死相を見たことはありません……」

それ以上、山本五十六も聞かなかった。いや、訊ねる勇気などなかった。

人間は、誰しも誕生と同時に死刑を宣告されている。冷徹なこの事実を揺るがすことは無理だ。

しかしながら、運命に抗う者にだけ道は開ける。
山本はそう信じていた。
だからこそ、彼はその後も大鳥島を本陣とし、陣頭指揮を執り続けたのだ。
日本海軍による乾坤一擲の大反撃——竜巻作戦の序曲を奏で続けるために……。

（次巻に続く）

RYU NOVELS

ラバウル要塞1943

タルサ作戦発動！

2020年4月21日　初版発行

著　者　吉田《よしだ》親司《ちかし》
発行人　佐藤有美
編集人　酒井千幸
発行所　株式会社　経済界
〒107-0052
東京都港区赤坂 1-9-13　三会堂ビル
出版局　出版編集部☎03(6441)3743
　　　　出版営業部☎03(6441)3744
振替　00130-8-160266

ISBN978-4-7667-3283-2

印刷・製本／日経印刷株式会社

Printed in Japan